U0068256

楊平詩抄

2

楊平

一個詩人的志氣

　　自《詩經》以來，無論東西方的詩體都呈有機性的發展。這與時代變化有關，更和創作者的心性氣質關聯密切。

　　所以古人說：「文如其人」，不是沒有道理的。

　　從歷史的宏觀角度視之，也的確如此。從四言到五七言，絕句律詩到詞牌大小令，平仄到長短調，再到「新詩」出現──雖不過百年，就形體而言，卻是最風華多彩的一次。

　　當然，最放縱的自由也意味著最高大艱鉅的挑戰。

　　對喜歡的人而言，現代詩（或謂「新詩」、「白話詩」）最貼近當代的精神與現象；對不懂又不喜歡的人而言，較之《唐詩三百首》之類的經典詩作，新詩不是詩，就算是，也無法與古詩比美並肩。

　　不必違言，這裡確有部分的事實。

　　就算我們站在李杜陶蘇的肩膀，一旦回歸到歷史的地平線上，自當承認，新詩百年，雖然名家不斷，名作時有所聞，還真沒有幾位是這條創作之路上的巨人。

　　就我個人而言，也曾多年為此沮喪。雖然了解書寫本身已是自成完美的過程，仍不免意氣用事，希望寫出可以和前賢媲美的作品──那怕只有一行一句！

　　木心曾感嘆自己不是神童，我也曾私心竊望自己是天才──至少經過百分之九十九的努力後，能夠接近此等境地。

　　簡言之，從本能的選擇到今日的堅持，一晃數十年

過去，我感慨萬千的覺知，人生就是一首大詩，而我能步行至今，雖有辛酸，沉澱後的心情更多的是感謝！是幸運！是喜樂！

像「青春不允許留白」，像「年輕人有跌倒的權力」，像「花自開自謝於瞬間」，像「凡走過的必留下痕跡」‧‧‧

一晃不只三十年，以詩為證，我做到了，也活生生地愛過了，在風雅頌與賦比興之外，若說「詩言志」，結集在這裡的，便是一個詩人的夢想、性情、理念、趣味、與無悔不屈的志氣。

是為序。

寫於內湖樓外樓2018.11.14

目次

卷三：遊日詩抄

卷四：大陸行・12

卷五：一襲白衣希臘行

第五部 《藍色浮水印》

卷一：生活不只是一種感覺

卷二：昨日情事

第六部 │ 《內在的天空》

卷四：有風吹過

後記彙編

創作時間表

第四部

《雲遊四海》

我渴望
——序詩

我渴望一身飄然的雲遊四海
每一次的漫走都是生命的發現與喜悅

我渴望時間像泉水那樣清涼的穿過指隙
不必自忙碌的節拍擠出短短的牙膏假期
浮光掠影的閃過任何山海大地

我渴望像古人那樣逍遙的走遍天涯
不排隊，不買票，不搭乘封閉的長程工具
在風格類似的街頭／地窟／觀光海岸
或人造樂園裡急促的穿梭假笑留影

我渴望隨身的筆記每一頁
記載的不僅是巨碑都會裡的人文景觀
還能散發出自然的清香
搖曳著花鳥魚蟲的身影
以及，來自遠古／曠野／與靈魂的交響

我渴望，並且我知道
無論自己置身何處
只要內在的呼聲響起
便會毫不猶豫的站起身子
目光睥睨的邁向
另一段浩瀚的宇宙之旅

卷一

雲遊四海

海濱落日——白沙灣，此刻

我流浪來此。
通過復古式的墨鏡
紅豔豔的落日漸漸沉到
往
事
邊
緣
西太平洋的潮水
半是放浪　半是哀禱的
低述著B小調的水手之歌‧‧‧

哦：該走了、該走了！
天地已靜得如此古老，如此鬱！
高瘦的椰樹下——
惟有一個我，一隻迴旋海鳥
猶自不忍離去的
期盼著什麼‧‧‧

獨角獸一樣
仰首，徐徐溶入
遠方濕鹹的鄉愁氣息裡‧‧‧

湖水碧藍
——中臺灣

深秋的山巒被森林染成金黃
——恍若無風狀態的火燄
靜靜　裸露著　自身的美好
山巔因降雪（昨夜的一場
不尋常的雪啊）
而瑩白

湖水碧藍

如玉，如冷晶晶的
單眼相機鏡頭
望著望著
我不禁詩意起來‧‧‧

一箱攝影器材、一次孤獨的山林之旅
加上一個妳
——較之古人的騎驢搖扇觀瀑覓句
所謂的尋幽訪勝
按下1／125秒的一剎
自是猶有過之，啊哈　猶有過之‧‧‧

所謂的閒情
（如浮生的某日）
所謂的際遇
（如花葉翩翩於迷離之夜）

所謂的永恆
——待40分鐘的快洗出來
凝視中
我不竟神思飛越的茫然了‧‧‧

所謂的永恆究竟是什麼呢？
所謂的放逐究竟算什麼呢？
所謂的激情究竟算什麼呢？

　　　　桃花開了又謝，紅葉
　　　　一片片廢然的沉入時間之流
　　　　起起浮浮　怔怔忡忡
　　　　尋尋覓覓了無數世代後

不論多麼淒美甜蜜——此刻
一手執煙的站在季節邊緣
大地清涼。
（一如往日的）謐**靜。**
惟深秋的山巒啊

被森林染得又黃　又亮　又滄桑

黃昏水域——南臺灣

我流浪來此。
黃昏的水域寧靜　詩意
入秋後的林地
別有一股蕭瑟美

——像是量淺卻愛醉的寂寞婦人
（年逾三十的豐腴體態）
舉手抬足的每個線條
充滿風韻，也音符般撩人遐思‥‥

晚霞一道道輕紗的落下
激灩的水紋語句模糊的述說著
嵐煙和鳶尾花的情事
逆光下的灌木林：黝黑　憂鬱　而神祕！

像偶然過境的候鳥
我也會暫時棲息於此：
沒有意圖，沒有傷憐
只為了感受一分清秋的寂寥

無題
——午後湖畔

我流浪來此。
枝葉濃密的林地，一片
清柔寂寞的綠——
去夏，就如此美麗

前年和更久以前也是。
「終於又一次的擁有了自我」
經過湖畔時
我記起昔日說過的一句話

經過湖畔時
天光靜靜地自林隙漏下
有一刻
世界以這裡為中心：
吹開一握握閃爍的思緒風信子
我輕歌，曼舞，陶醉在
類似的感官經驗裡‧‧‧

起風了
關於漂泊
我想到了盧梭
（和他流放日內瓦的歲月）
在某些時刻是必要的

香港地鐵偶見
——銅鑼灣

我流浪來此。
白日擁擠的地鐵此刻古厝般冷清。
一名持花女童緊靠牆角
表情：漠然

地鐵來了
無聲息的走出幾個人
像袋中倒出的錢幣——
似乎有點失措
又有點茫然？

一股清芬的茉莉香飄來
我正要扭頭
一眼瞥見
告示牌上的美女

冷·鬱·

後記：多次行經香港——最初的感覺並不好，擁擠、雜亂、文化沙漠的形象伴之以濃郁的商業氣息，在在都不容易讓人親近，包括許多香港人自己，都不喜歡「香港」。

　　時間久了，我漸漸知道，這座一方面充滿殖民色彩，一方面又是典型的中國城，和其他現代化的商業都會不一樣的地方：這裡是除好萊塢、印度之外，世界第大三電影生產地，當今華語一半以上著名的導演、影星都源自這裡，還有包括金庸、董橋等一流文人；除此，香港的經紀制度是世界級的，經紀人才也是一流的（因此才會出現如李嘉誠這類世界級富豪）

　　——雖然種種近乎畸形的繁榮發展並不值得推許，卻無愧「東方明珠」之譽，也不該抹殺它的傑出貢獻，和無數默默生活在高樓一角，卻有心耕耘的心靈。

在異國

我流浪來此。
令人著迷的南洋風情自蜿蜒的大河
上游展開：渾厚的雲
尖頂的廟宇
大群撲翅的水鳥
和淋浴者的清脆笑語
——那些豐腴褐膚的本地女子
飽滿得像路邊的多汁瓜果
在金陽下閃閃發光，渴望愛情
（濃鬚深紋的老者告訴我：）
如同土地渴望雨水

濃鬚深紋的老者
赤裸著百分之八十的身子
閃著洞悉　多皺　而俏皮的眼眸
和眾多兒孫中的一部分
團團坐在清涼安靜的樹蔭下
悠然享受著黃昏···
「我很滿足，」以半低沉的語調
透過十八歲的孫女說：
「人們必須懂得感恩」

　　　···有一刻我不竟十分迷惑：
　　不知是這片濃密的熱帶叢林
　　還是那條神聖大河（每個人都在其中淋浴

洗淨自身的肉體，和靈魂）
還是某種更神祕的力量
使人生如此單純‧‧‧

他的十八歲孫女
（美麗如西方電影中的東方公主）
和她的家人
住在同樣古老的木造房舍
──幾乎三百年了
而這並沒有什麼不好
一如（她露齒微笑：）
資本主義沒有多好，搖滾樂沒有
什麼不好，電風扇和打火機
對某些人很好；沒有什麼是
絕對的好或不好──
即令戰爭──
「像我的祖父」她告訴我：
「便在那時認識了許多外國朋友，」
「我的祖父同意，」她低聲告訴我：
「今夜你可以留下‧‧‧」

在夜晚的林間（空中飄著
薰人的暖風）我握著一雙
美麗如西方電影中東方公主的手
吻著她厚而紅的唇

感受她豐滿起伏的律動・・・
月光下的一切都不可思議
月光下
二十世紀和十九世紀和九世紀
沒有什麼不同：從這個世界
進入另個世界另度空間
也是件很自然的事
──像季節的輪替、秩序的生長
流浪生涯中的快樂與迷惘
真理的奧祕
便是遵循各自衍生的法則加以實踐・・・

在夜晚的林間，乾硬　無風的
異國土地上
我底心第一次瞭解鄉愁的虛無
生命的先驗之道
性愛的本質與甜蜜
而死亡並不是一件悲哀的事
──就像她新近逝去的母親
（那女孩相信：）
當再次轉世
過的日子和現在差不多
有悲，有喜
卻更接近完美・・・

邊界小鎮
——某地·夏

一切都是寂靜。
樹。
投影。
倒頹的牆。
和空曠失修的舊市場。
種種單調　荒涼　疏離的感覺
遺世，而不真實

「生命中有什麼是真實的嗎？」
默默地穿逡於街道之間
近乎遲頓的　咀嚼　思索‧‧‧

我走了。
望著那座廢墟般的沒落小鎮
我忽然明白：為了同樣莊嚴的理由
鎮民們都流浪去了

新加坡歡迎你

我旅遊到此：
安靜明亮的都會
溢滿了花與綠的光之城堡
高高的浮凸於馬來半島上的
一顆晶瑩珍珠啊
年輕，是你底專寵
椰影下的魚尾獅
是你，與你底子民
共同烙印的金色符徵

‧‧‧成長與豐饒
‧‧‧微笑與萬代蘭
‧‧‧午後市集與萊佛士CITY
交相沉浸在半殖民的美麗日照裡‧‧‧

也許，我疲憊的心
我習於追索的天性
（一個前中期的半浪漫客）
跋涉千里後仍不知我是誰？
前世來自何方？
一條漫漫之路通向何處？
──走在牛車水的古老巷道
小小的鄉愁還沒有散放
一轉身，我彷彿聽到
來自四面八方的呼聲：
「新加坡歡迎你！」

後記：1990七月上旬有新加坡之行，收穫頗多，一是結識當地作協與五月詩社的文友，一是目睹了這顆東方之珠不僅乾淨明亮，有臺灣目前最缺乏的良好治安，頗有大國風範；我多次與其接觸，或搭乘計程車，司機一聽我來自異地，在分手時總會說一句「新加坡歡迎你！」有感，因成此詩──也曾多次即席朗誦。

午後
——馬來西亞·檳城

近乎純粹的寧靜。
炎陽下的午後多麼像
永恆。
永恆多麼像死亡。
——風化岩般的生命情調啊
使另外的城市另外的人類顯得
多麼愚蠢

音符疲倦的倒在椰影裡。
車輛遲疑地前進。
慢拍的語調接合了慵懶的潮水
徐徐撞擊出豐滿女子與多汁液的瓜果
年輕的靈魂在不免早衰的肉體裡嘆息：

　　人生　永恆　與死亡
　　聖父　聖子　與聖靈

補記：那年先去新加坡，再搭機到吉隆坡，拜訪兆麟舅舅，並在小說家姚拓先生安排下，見了許多大馬年輕詩人，後來再去檳城，在詩友陳強華家住了多日。強華兄當年留臺唸大學，至今仍是一位活躍、有影響力的優秀詩人，其詩風獨特，我一直非常喜歡。

此行除了和各地詩友快意暢談，收穫最多，對檳城的炎熱，印象特深，因有此作。

列寧格勒之死

羅馬大火時
尼祿成為狂喜的彈唱詩人

莫斯科大火時
托爾斯泰知道命運握在誰的手裡

輝煌一世的聖彼得堡啊
被布爾雪維克黨人的厚靴踐踏沒有多久
如今，無產階級的太空人還繞著地球打轉
列寧格勒又從地圖上消失了‧‧‧

　　後記：1990時的列寧格勒，原名聖彼得堡，由18世紀的彼得大帝所建，每因政治因素改名；據說，有位懷舊的老人填表格時很困惑，在出生欄下寫聖彼得堡，受教育欄下寫彼得格勒，在住址欄下寫列寧格勒，而回答想住哪裡時則說聖彼得堡！
　　——如今，這裡又改回了彼得堡，是蘇聯的第二大城，波羅的海最大的港口。
　　我們一行由莫斯科抵此，前後兩天，去了不少名勝景點，像著名的冬宮，聖埃薩大教堂，美麗的街頭市容（足以令我們這些臺北來的知識分子贊歎羞愧！）若干先進的科技中心，以及令我印象最深刻的，十九世紀大文豪杜思陀也夫斯基紀念館！
　　自然，一路上，也享受了只有有錢人才能享有的各種享受，包括觀賞精彩的馬戲表演，民俗歌

舞，和吃魚子醬，正宗羅宋湯等大餐——走在街
頭，只要能舒服的享受時髦都會的種種，無論是居
民或過客或觀光團，又真有幾人在乎腳下的城市改
名叫啥的？

杜思陀也夫斯基紀念館偶感——列寧格勒

天外的雲
已靜靜的流向另一個世紀
那些卑微　受難的人子啊
仍在你所熟悉的城市
以你所熟悉的方式
扭動他們的軀體：

一名大學生剛剛不快樂的走過街角
老嫗和小販日夜糾纏著觀光客
濃妝的索妮亞在細眼的東洋客間
開懷笑著
神氣的黃膚臺商拋出一把銅幣
一群長髮的蟾蜍族還不及開口
路口的孩子便衝了過去‧‧‧

（已是另一個世紀了）

微藍的光
透過黃昏鐘聲落在廣場的高大銅像上
地窖裡的陰鬱先知啊
你曾在冰封的大地留下比夢魘還深的足跡
比聖殿還美的畫像
如今，一個世紀過去了
你還能感動另一個尼采
讓世紀末的城市發出基督的光嗎？

沒有雪的蒙古草原是不完美的——
沒有靈魂的城市呢
活在加速旋轉中的現代居民
又有幾人聽見你痛苦底吶喊呢？

「阿萊莎、阿萊莎」
站在深色電話亭前面對
九十年代的古都
我恍惚看見
有人快步走進喧嘩的電腦街
又扭過頭，彷彿渴望著什麼‥‥‥

後記：

　　1. 19世紀，舊俄時期的三大小說家中，托爾斯泰是天才貴族地主聖徒，屠格涅夫是新文學創始者，富有而高貴，只有杜思陀也夫斯基出生最低，一生際遇最坎坷，也是年輕時我所喜歡的少數文豪之一。

　　他生於1821的莫斯科，16歲被送往聖彼得堡，唸了四年書，25歲出版《窮人》成名；1849，因和一群烏托邦社會主義自由黨來往，很冤的被判死刑，在槍決前被改判徒刑，流放在西伯利亞服刑四年，也因此得了間歇性的癲癇，困擾他一輩子。

　　1857和一位有病的寡婦結婚，1858才准返回聖彼得堡，展開另一波的創作，1864他妻子過世，兩年後他與小他24歲的速記員結婚，日子才漸漸穩定，至1881年過逝，寫出包括《罪與罰》，《地下室手記》，《白癡》，《附魔者》，《作家日記》，及

《卡拉馬助夫兄弟們》等偉大作品。今人感慨的是，這些作品雖然給他帶來巨大聲譽，但因身體有病，脾氣又壞，每每與朋友衝突結怨（據說屠格涅夫是他最恨的人），兼之好賭，必須常年不斷的與貧窮奮鬥，而一顆受苦的靈魂，在追尋真理與上帝的過程中，更是飽受世俗的誘惑與煎熬！

　　面對杜翁種種，往事與歷史交相湧現，這裡寫的一首短詩—無論大學生是不是《罪與罰》中的拉斯科尼可夫，老嫗是不是還在放高利貸，濃妝的索妮亞是不是擁有善心的應召女郎，公爵和《卡拉馬助夫兄弟》是不是淪落街頭，當今的蟾蜍一族是不是堅持藝術家的理念，阿萊莎是不是已成為最後一個基督徒，乃至杜翁是不是已解決了他一輩子追求的真理與上帝的種種問題—都不足以表達心中萬千分之一的感受！！

　　2. 沒有雪的蒙古（北國）草原是不完美的—此語是蒙古詩友森哈達告知的。

　　3. 蟾蜍族Toadstools，一群地下藝術家的代號，在90年代聚居於老莫斯科市中心的法梅尼區Furmany。這些藝術家的作品包括概念藝術，打油詩，非小說，舞臺劇等，有如1916發生在蘇黎世的達達運動—雖然，我們明知藝術是不會死的，像杜思陀也夫斯這樣的天才也會在每一代出現，不知為了什麼，我仍然感到巨大，濃鬱的憂傷。

遠眺西伯利亞——三萬呎的雲空上

無邊的白靜靜睨視著一切。

莫斯科以東
大河媽媽孕育著伏爾加草原上的每一吋土地
貝加爾湖以北
威風的葉尼塞河挾帶著嘎嘎冰屑穿過
一望無際的西伯利亞森林
月光下，也和銀色緞帶那麼美麗···

騎兵來了又去　沙皇死了又生　集體農場倒了
又建
蒙古　斯拉夫　烏克蘭
不同種族的拓荒者
千百年來
透過各自的語言　信仰　傷痕　和厚重的長靴
在接近永凍層的冰原上
烙下
一代代的印記

在喔喔的火車橫過九千里的遼闊寂寞
在柴可夫斯基彈出第一串悲愴音符
在東正教興起　婦女用魚骨製出貂皮大衣
在北極熊跟隨音樂起舞
在第一披馴鹿奔向黑壓壓的針葉林以前
或石泉盆地發生大爆炸以後

億萬年來
──在三萬呎的雲空上
（我輕輕告訴自己：）
無論歷史用哪一種文字書寫，飄揚的旗幟多麼
耀目
白雪皚皚的大地，是沒有名字的

　　後記：在三萬尺的高空遠眺西伯利亞或地球上任
何人類的文明奇蹟，除了感歎，驚豔，和謙卑，又能
多說些什麼呢？
　　西伯利亞從烏拉山以東算起，到白令海為止，約
為美國的一倍半大！伏爾加河Wolfgang Kuballa是西伯
利亞三大河之一，也是最長的一條，當地人稱之為大
河媽媽，貝加爾湖則被西伯利亞人視為聖湖，葉尼塞
河George ST. George是連結中西伯利亞的交通動脈；由
於溫度實在太低，空氣中的濕氣會凝成冰晶體，使入
夜的天空也相當明亮，充滿炫目晶光，杜思陀也夫斯
基寫的〈白夜〉，就以此為背景；而石泉盆地位於葉
尼塞河兩岸的泰加森林上端，在1908年的7月30日，
發生了一次空前大爆炸，曾經轟動一時，威力於方圓
八百里內，相當一枚3500萬噸級的核爆，遺跡至今清
晰可見，原因至今不解；而有越來越多的科學家相信
是隕石或UFO爆炸所致。

廣場雕像——在歐洲

那些水鏽。
那些鴿糞。
那些粗刻留言。
那些日逐模糊細瘦的歷史——

每隔一段時日
那些偉岸的廣場雕像
以剝落提醒仰望者
不朽的偉大　卑微　與荒謬

後記：廣場與廣場雕像是歐洲大都會的主要城市景觀之一，從北到南，無不如此；自然，其中多為紀念政界名人，或宗教聖徒與歷史事件之作；由於泰半為雕刻大家的力作，配合廣場整體設施，不像我們這裡，遍佈全市的某公雕像，給人的感受，刺眼的多於悅目的——雖說，一涉及政治，予我的感覺，就是不爽與荒謬。

卷二

雙城瑣記

海德公園的鴿子

像潮水，像落葉
像上緊發條的大笨鐘那樣固執的
信守自然法則
海德公園的鴿子
比維多利亞的婦人可愛
比戴黑圓帽的警佐活潑
比肥皂箱上的異議人士更早起
面對來自臺灣的觀光客
從容撲拍的氣概
既可入畫，兼可伴舞

附記：海德公園的廣場一隅，是近世著名的民主聖地；只要你站在肥皂箱上（當然是自備），或任何東西上面，無論怎麼批評時事、指責時人，都不會有員警來捉你——那小小的肥皂箱意味著你並非站在倫敦或英國土地上。

（多麼可愛的想像力啊。）

96年9月22，我們搭覽車來此時，不知是來的太早（那時已九點了），還是星期日公休，除了一位街頭畫師，一地覓食鴿子，未能遇見一位演講者。

——看來，目前的英國政局還很安定嘛。

大笨鐘，據導遊小姐所言，是臺灣遊客對國會大廈的大鐘的暱稱。亦稱大鵬鐘。

1998補記：安定的英國政局因為一場大選，已然改朝換代，梅傑下臺，換上一位兩百年來最年輕的工

黨首相——布萊爾。

　　這種和平轉移正是民主最可貴之處。

　　布萊爾至今，又換了三任：戈登·布朗、卡麥隆、德蕾莎·梅伊。無疑地這些名字都將在記憶中褪色。聲名的不可靠、不確定性在此顯露無遺。

下午茶一瞥
——在劍橋

燭光。
甜點。
三明治與胖女侍。
英格蘭香片加上銀湯匙——
通過三根手指
我開始品嚐
和鄰座銀髮老嫗一樣
寧靜　飽滿的　綠色午後

——卻又帶著幾分臺北人的焦慮‧‧‧

日影
滑過一句詠歎調那麼長的距離輕輕消失在
黃橙汁與白紙巾之間。
鄰座的老嫗忽然站起身子。
穿過透明的蛋形玻璃杯
我訝然看見：
廊道上的拜倫在嘆息
華滋華斯在沉思
而窗外的綠色午後
一直在十九世紀

後記：96年9月23，我們上午遊覽劍橋，午後即在附近用餐，並享受英國式的下午茶。

　　這家餐廳裝潢古雅，頗有歷史，而在入門的廊道兩側高處，均掛有本國歷代名人畫像（我只記得拜倫），雖是影印品，卻也使空氣中飄浮著一股茶點之外的人文香。

倫大佈告欄之聯想

一行行蟹形的看板貼紙想來不外是：

考試日期近了
（這裡也有托福嗎？）
一本遺失在哲學系廁所的「花花公子」
高價感謝發現小比比的善心男女
歌劇馬票二手電腦與新款情人裝：廉售
義工聯絡電話
徵室友
徵性幻想程式高手
夏綠蒂愛你，96＞＜97

在光線不明的角落：

同志，今夜你願跳雙人舞嗎？

附記：96年9月23日，張默、管管、朵思與我應倫敦大學東方學院趙毅衡教授之邀，赴校參加一小型的「臺灣現代詩朗誦會」（由德國漢學者馬漢茂開講）。

由於塞車，我們比預定時間晚了幾分鐘，在無人領路找人帶的情況下，幾經周折而後圓滿。在經過校園走廊時，看到一排佈告欄，那些曲曲折折的楔形文字究竟寫些什麼呢？會不會也像臺灣校園內的看板一樣有趣？充滿了驚喜、曖昧、與控訴？

因成此詩。

擁抱倫敦：兼贈洪彬

——約翰生：當一個人厭倦倫敦時，他也厭倦了生命

白金漢宮以北
特拉法加廣場的鴿子下班時
我的朋友
且拋開五彩的觀光手冊
讓地鐵帶領地鐵
感覺跟隨感覺
面對倫敦塔下的泰晤士河
安那其一樣的走著　坐著
流動中默默體會宇宙般
浩瀚　自然　26℃的寧靜
像約翰生那樣的伸出手
那樣熱烈擁抱人生的
擁抱腳下
這座豐美　古老的城市

補記：96年9月22，我們一行由臺北出發，經曼谷而後抵達倫敦。旅英詩友劉洪彬昔年來臺時曾在家中小住，這次特地到旅館來會。

次夜，我們由劍橋回來，參加倫大東方學系主辦的詩會及一個溫馨派對，又在洪彬帶領下，夜遊倫敦——雖只短短一二小時，許多名勝據點都不及去逛，卻對這座千年古城留下很深印象。分手前，洪彬更殷殷盼我們下次再來，且多待些時日，以便深入認識此城，我也如此希望，因成此詩！

倫敦之夜——有贈

1.

白金漢宮以北
特拉法加廣場的鴿子下班時
花衫客
新潮酒吧
龐克族和魚網褲
脫衣舞孃V.S迷幻搖滾
夜蘇活的紅磚區
在黃昏落幕的瞬間化為炫目的
超時空樂園
──所有光芒　華麗　又虛無的場景喲
（我們一致同意）
像泰晤士河的倒影映不出
大英帝國的輝煌
（我們一致嘆息）
屬於歷史的，必須歸於歷史‧‧‧

2.

今夜，我們追隨朱自清的背影
出入維多利亞
憑弔著幾度風華的都會
和即將消失的世紀‧‧‧

月色淡青。
古樓
黑轎車
和低沉的足音
交相磨擦著百年長街。
年輕的馬克斯
有人舉起手指——
年輕的馬克斯和其他的熱血靈魂
也曾在同樣溫度下
體驗過同樣憂鬱的夜街‧‧‧

3.

月色淡青。
一分古典的，溫馨派對
不久，取帶了微涼的近秋情懷：
詩歌　糕點　加上雞尾酒──
我們是今夜最幸運的異鄉人：
地球縮小到掌心一握
通貨膨脹遠在兩條街外
巴塔夫人的蠟像館猶自「休息」
充沛　鼓盪的詩魂
已緩緩的向寶瓶座射出第一道光‧‧‧

有人再度舉起手指──
浴著月光
滿懷期待下一次的倫敦之會
有你，有我
還有貝克街的名偵探
在格林威治的大鐘響起前
透過堅木製的煙斗
用三拍子，敲門

補記：96年9月23日，我們自劍橋大學返回倫敦，先參加倫大安排的「臺灣詩人朗誦會」，再接受「天下華人」社長吳真諦小姐的邀請，參加她家的派對──一個混合了中英式的晚宴。在那，除了遇見久違的詩友像楊煉友友夫妻，趙毅衡虹影夫妻，喬林小姐，漢學家馬漢茂等，和一些新朋友（不及一一列出），海闊天空兼之香噴噴的自製糕餅，過了一個非常溫馨的異國派對！

臨行前，大家紛紛致意，都期盼來日再聚倫敦──啊啊，多麼好呀！

又：1931年左右，朱自清曾於英國遊歷，在倫敦住了幾個月──有段時日且是與柳無忌同住──事實上，近百年來，除了孫逸仙曾在「倫敦蒙難」，在此住過的文士名流實在不少，像徐志摩即一個（他當時只有二十餘歲），後來睥睨一世的毛澤東也是一個。

貝克街的名偵探當然是指福爾摩斯，他甚有音樂細胞，會拉一手不錯的小提琴。

歐洲之星

一再的跟天使比賽速度。
一再的陷入精神性極限官能症。
如果流星是美的
鐵達尼　齊伯林　古羅馬和
舊倫敦的大火
在月光下一樣美

一再的點燃想像力。
一再的超越昨日之我。
一再的挑逗又挑逗。
——直到戰神開眼
冰河期繼之以侏儸紀二度降臨時
廢墟中的歐洲之星啊
有一天，除了一根火柴棒
又會有誰憑弔它底美呢？

後記：1996年9月23，我們由倫敦搭歐洲之星到
巴黎，車速分三段，故而沒有想像中的那麼快，但同
樣的令人興奮！

自有歷史以來，人類就在和速度競賽；最初是喜
劇式的，如今，已變成令人戰慄的懸疑劇——而穿越
英倫海峽，由英法兩國合作下的歐洲之星，可算是少
數可喜的例子。

當然，也許有一天，時速三百、號稱20世紀最快

速的火車歐洲之星，也會和兩翼滑翔機、四輪馬車一樣的，成為博物館中的陳列品──只是希望在那個時候，我們還有閒情憑弔它，而非真正的「復古」：讓人類回到荒涼的創世之夜──

　　毀滅世界，有時只需一個按紐，一聲輕咳，或一枝火柴棒就夠了！

　　鐵達尼輪船與齊柏林飛船都是著名的悲劇例子，而尼祿王在羅馬大火時，還彈琴高歌，無怪他要自命是詩人，實在浪漫得令人氣結！

　　倫敦大火則發生在1666年。

巴黎的異鄉人——有贈

你穿過黑暗的長街
像熟練的老巴黎人
鎖好舊腳踏車
從轉角，光滑的時間甬道彼端
走來——潮聲

湧起：把我們雙雙捲入七年前的
上海／春天／溫暖的陽光
熙攘的人群　熙攘的來來去去‧‧‧
戀愛、冒險、吶喊——在季節
交迭的間隙，像一隻雁鳥
從一座城市飛到另一座
不同的面孔，不同的脈動，不同的風情；
而有什麼正從指尖溜逝‧‧‧日復一日的

一顆心
被文法、被房東、乳酪、帳單、午夜的地鐵
和夢中的羅馬石柱
壓扁。
‧‧‧破碎的拼圖一點點的在月下聚攏
詩啊
不再是心靈神龕的唯一主宰

窗外的濕氣越來越濃。
一聲輕咳

穿透了翻騰的潮聲
綠框玻璃窗映照出
兩團迷霧般的身影──
世界沉默著。
在現實與憧憬之間
有人把腳伸進污染的河床
有人拋來一個
深不可測的眼神

潮聲遠了。**我們**
回到了城市之夜的岸邊
低沉的話語
無息跌落到拼花地板上。
左手大廳出現了
法國門房的無表情面孔。
一對黑膚男女推門而出。
壁上吊籃裡的紅花。歐式
沙發。咖啡桌。線條。海報。
和入秋後的寒氣,把我們緊緊綁在一起。
沒有什麼比這一刻更真實。
世界
持續沉默著。

不久,市中心的鐘聲冷冷響起;
撕裂了迷霧般的往事　迷霧般的身影

——有人
悄然　遲疑　而疲倦的
跨上一輛舊腳踏車
穿過夜——
在天地變得模糊以前
消失在黑暗的長街盡處

後記：1996年9月24日，我與張默、管管、朵思等人搭歐洲之星初抵巴黎，隔夜，我與久違的上海詩人宋琳在下榻的旅館會面。雖然詩是當天主題，從三四小時的漫談中，我卻可感受到身為異鄉人的寂寞於無奈——

無論一個中國人法語說得多麼溜，多麼熟悉當地街道，他終究是一名過客——就像（我一向認為的）：

詩人是天地間的過客。

本詩中，第二段「**在現實與憧憬之間**」，「**有人把腳伸進污染的河床**」，第三段「**我們回到了城市之夜的岸邊**」均引自宋琳的詩，依序為〈中國門牌：1993〉，〈一種聲響〉，〈城市波爾卡〉。

宋琳當年以城市詩崛起大陸詩壇，是現在甚受國際詩壇重視的第三代詩人中的佼佼者。

今夜，世紀末——蒙馬特：遙寄羅特列克

今夜，又一個迷離的
藍色世紀末
九分的華麗混合著嘶啞的歌聲
攪拌我逐漸發酵的心情‧‧‧

高更來過。
龐德來過。
尼金斯基來過。
寧靜的塞納河　流啊流

戀人來了又去
醉漢醒了又睡
街頭藝人老了又年輕
五光十色的霓虹燈下
獨一無二的羅特列克啊
（我不會忘記你：）
鷹眼的侏儒才子
風塵女郎的最佳拍檔
蒙馬特區的地下守護神
一則日漸褪色的末世傳奇‧‧‧

因為你
因為那些半醉半醒的紅燈歲月
全世界的異鄉人都知道
——只有在這裡

——只有在這個時刻
入夜後的巴黎是巴黎
你是你自己
道德是不道德的
天國是波西米亞人的
而閃亮亮的紅磨坊，是羅特列克的！

後記：侏儒畫家羅特列克（1864-1901）是19世紀末，和巴黎、和蒙馬特區、和紅磨坊關係最密切的藝術家。

從1882到1894，他在此住了十餘年之久；透過鷹眼般的觀察力，他不但畫出了眼見的一切，從歌星到妓女，從紅磨坊到康康舞，也畫出了蒙馬特區最初的神話。

——來到蒙馬特區，你可以不去瘋馬，不看紅磨坊，追求藝術的你，怎能不知道羅特列克呢？

又：高更，畫家；龐德，詩人；尼金斯基，俄舞蹈家。均為20世紀文藝界大師。

今夜，中秋——在巴黎：給那晚分享歡樂與哀愁的一群遊子

古老的巴黎一再上演著
荒謬的流亡劇‧‧‧

蕭邦。卡蜜兒。喬艾斯。莫迪里亞尼。
窄小的閣樓擠滿了落難的天使
今夜的星空多麼清冷啊

誰是白螞蟻？誰是螺絲釘？誰是滴血的靈魂？
誰是渴望救贖的奧德賽？
誰在密室的壁角日夜敲打，尋找
失落的童話樂園‧‧‧

鐘聲響起。
最後一班地鐵悄然進站。
今夕，何夕？
古老的巴黎一再上演著
荒謬的流亡劇‧‧‧

後記：96年9月28，陰曆八月十五，是中國人的中秋節。

是夜，在宋琳的安排下，張默夫婦，管管和他的未婚妻，加上我，分搭兩輛黑頭計程車來到馬德升的住所──也是畫室，也是法國政府給外籍藝術工作者的工室。

（多麼好啊。）

當時還有孟明、張亮、戴恩傑、吳竹青、譚華等人。

13個來自兩岸的中國人，在巴黎共度了一個難得的中秋之夜。雖然現場氣氛熱烈：吃月餅、朗誦詩、說故事、兼之管管和女中音吳竹青唱作俱佳的熱情演出，一時間歡愉非常。

隨著時間流逝，我們這些來自臺灣的遊客還不覺得怎樣，他們這些天涯浪子卻很明顯的激動了！

──鄉愁一旦漫開，便濃鬱得揮不去、化不開！

終於，我們必須走了，分手時，我看得出，他們的心在流淚，他們的心，沉甸甸的心啊，在萬里外‧‧‧

──八十年前，浪居巴黎的海明威曾引用他人的話，說：

「我們都是失落的一代」

是的。

艾菲爾鐵塔

——歌德：樹可以長高，終不能抵天

古希臘的先知
仍在今日的街頭放牧
蓄鬍　嬉戲　寫有韻的四行詩
販賣歷史的玩具匣子
從芭比娃娃到耶穌的裹屍布——
黃昏的咖啡座稀釋著
記憶的傷口：
人類就是如此成長的。

從金字塔到萬里長城
十誡到大憲章，幾何原理到相對論
人類就是如此膨風的：
在羅馬競技場的斷柱
還沒有完全風化
在閃電　在自由女神像　在世界貿易大樓
在黑冷的鋼筋斷裂以前
偉大的艾菲爾以及鐵塔
——比蒙娜麗莎的微笑更酷
——比山丘上的聖心堂更接近天國

後記：96年28日上午，張默、朵思、與我三人向導遊打聽一下，便搭計程車看鐵塔（張默還有備的帶了一張風景明信片）走到塔下才感覺其大。

　　站在塔頂，迎風呼呼，雖有時不免睥睨自顧，亦嘆息人類之渺小！

　　人類有三寶：肉體、心、與腦。現代人唯物的傾向皆因用腦過度，其實，心靈才是通往宇宙永恆的一把祕密之鎖。

露天咖啡座小憩──巴黎・九月

貓一樣
感受
空氣中流動的自在
　　鴿子滑翔
　　　　落葉旋轉
　　　　　　雙層巴士交錯而過
金髮黑衣紅唇激盪著
碎音符
漸漸藍調的心情
隨著一朵兀自開放的花：黃昏

有人招手
有人隔街嘆息
‧‧‧不知何時
這個世界連同崇尚和平　半素食
自然主義的你
隨著一點點加深的　咖啡香
邁入
前中期的　秋

卷三

遊日詩抄

公園裡的邂逅——前橋‧敷島公園

綠荷般的寧靜午後。

默默地漫遊而且和友人分享著
日影
微風
毛細孔
──光合作用下的公園是美的
而美是無國籍的

蟬嘶響起。
淺茶色的光影漸漸加深。
在起伏的草地紅塵的邊緣
我恍惚看見
身著和服的詩人
一路睥睨的吟詩　喝酒
向小鳥鞠躬
「生日快樂。」
抓起一把松子
拋給我們
又向世紀的前期走去

後記：96年8月，我應邀參加在日本前橋舉辦的
第十六屆世界詩人會，22日，我與詩友田原，其當時
女友島由子，在一名年輕日籍友人的伴同下，來到敷
島公園，因為這裡有萩原朔太郎的紀念館。而今年正
是他110歲誕辰。

　　前橋因出了萩原等多位著名詩人，有詩人之鄉美譽。

　　那紀念館雖小，獨自落坐於公園一角，卻可見其
重視文藝的心意。

　　我們在館外遇見一位畫家，他告知昔年萩原常在
這一帶徘徊，穿著木屐，喝清酒，和二三好友吟詩作
樂，頗引人側目。

　　令人感動的是，那位畫家還在兩日後托人送石以
為紀念，頗有古風，也是一段難忘的插曲。

夜雨地鐵站 ——日本・兵庫

最後一名乘客拎著傘
消失時
月光是寂寞的

無息的大地多麼像廢墟
廢墟多麼像冰河期
沒有戰爭沒有國界沒有電玩駭客美少女和
社會福利卡
天長地久是無意義的
輪迴是無意義的
獨一無二的上帝加上外星人和亞當
還是無意義的

起風了
雨中的地鐵站
有時是煉獄入口
有時
卻是浪漫與哀愁的化身

後記：96年8月，參加世界詩人大會。有數日住宿兵庫田原處。某夜醒來，適聞地鐵車入站，透過窗外窺之，天地一片寂靜，恍若原始狀態，黑魅之中，又帶有幾分詩意的虛無，不覺觸動心弦，久久不能忘懷。因成此詩。

雪原之樹——風景明信片1：兼致由子

冬日，無邊雪原上的老樹多麼像
悟道的古哲人
靜默地聆聽
靜默地融入
無以言詮的天籟中

黃昏了
落盡塵慮後的大地
一片，至純至淨的空靈
——輕輕的，仰天呼吸
哦　有什麼是放不下的呢？

　　附記：乾妹島由子日前寄了張風景明信片給我，一面是北海道雪地上的一株擎天老樹，在落日中挺立。

　　那超拔獨特的離世之美，著實令人震撼，也許就是這個原故，她在另一面寫下這句話：

　　「我覺得看到這樣的風景，我對人生的看法也許變化，您呢？」

　　而我寫下這首詩。

　　又，雪萊曾謂：「冬天到了，春天還會遠嗎？」

　　其實，冬天又如何？春天又如何？

雨中老街
——清水寺下

我流浪來此。
華麗的紅塵漸漸沉澱為
素靜的古代。

一松
一石
一茶
一飲
隨著一路自在的走向
雨中的老街
讓一顆悠然的心
更韻
更接近神

不久，篤篤的梵音穿透了雨幕
暈黃的紙燈亮起
面對清水寺下的人間
我拈起一枚遺落的音符
寶愛的
貼在胸口

後記：96年8月，我自前橋返回大阪，接到女詩人園田惠子的傳真，邀我在京都附近的嵐山見面。

　　在前往清水寺的途中，我首次走入日式傳統的社區，還在一家小店小憩（店主夫妻是典型的日本人：親切而矮小）那種充滿古代氛圍的建築美和恍如隔世的寧靜美，當時便禪一樣的深深吸引了我。

　　返臺後，靜思多日，方成此詩。

金閣寺
——相對於永恆，世間的美只能是短暫的

有什麼沉靜的佇立於此。
那些古松　迷惘的心　青蠅般來去的
華服香客
在秋日的楓葉把路燈染紅以前
有誰想過
落日下的金閣寺
一旦美到極至
便不屬於人間‧‧‧

在鐘聲
在儀式
在三島舉起刀
在年輕的僧侶誕生
在第一塊基石重重打下
以前或以後
雲　雪花　小鳥　種子　氣流
有什麼一直在這裡‧‧‧

後記：二十年前第一次接觸三島由紀夫寫的《金閣寺》，便為其中的美學觀點深深吸引。

　　二十年後（95年夏），當我懷著同樣的心情首度目睹這座曾因美得過火而被縱火的名剎，人來人往裡，我很能體認三島與縱火者的心情。

　　有趣的是在寫此詩時，我又感悟到：所謂的美原是自然的一部分——金閣寺佇立之處一旦成為紅塵中心，任何人想保持這分非人間的美，便註定了被毀滅的命運。

　　今日的金閣寺，唉，早已不是昔日的美之化身。

觀能劇有感

天幕下的風景逐漸慢板的
靜止在
時間邊緣。

樹是直的。
茶是涼的。
影子是透明的。
來自人間的得失愛憎
全是虛幻交織成的。

鑼聲響起。
天幕下的風景逐漸恢復流動。
眾人垂首起身。
邁出的每一步
隨著心之沉澱
圓融　似星之運行

旅日詩抄——漢俳一束

1.水月

淡黃的明月在水中漾動
力根橋上的詩人啊
彷彿　又踏著落花而來

2.溪邊偶見

水吟聲中
一瓣載浮載沉的黃花
捲起，美麗又鄉愁的舞姿

3.夜街一瞥

夜是冷的。歌是苦的。夢是破碎的。
——在這個世界擁抱你以前
腿上的藍絲襪也是憂鬱的

4.觀能劇

且自溺於古代。自溺於
鏡中的五彩光影。自溺於
假面下的冷哂　冷豔　與淚珠‧‧‧

5.神戶某日——95大地震翌年

非黯淡的黃昏。
美如末日下的寂靜廢墟而天空

沒有一隻鳥。

6.新女性

燙金髮。香棕膚。
陽光下的笑靨加上搖擺的腰肢——每一吋
都不再是男人的殖民地。

7.柏青哥

——凍結一切情緒以後
玻璃窗中的你
仍然蒼白　遲滯　不快樂

8.致某女郎

你是一瓣迎風趕路的桃花
在豔陽下閃爍
季節裡　凋零

9.電視成人劇場觀後

把純潔的白衣染上色彩。
讓自己很快的綻放。
春天的夜晚，人生只是一朵曇花‧‧‧

10.異人街

安寧的午後長街。

心之一角的殖民地。

──無言之靜

11.唐人街

和記憶一樣古老的
紅柱。綠瓦。石獅子。
鄉愁，妝點著日漸黯淡的千年美‧‧‧

12.公園一隅

木屐輕輕壓著細沙平鋪的小路
一對和服女子靜靜走來

──古代，就是如此美麗

13.午後偶拾

被一支水荷支起的寧靜午後。
大地把一季的沁涼收入記憶匣子裡

不久，黃昏了

卷四

大陸行・12

前言

　　一九八八秋，和住在大陸的親人（在父親這邊的有三位親姊姊，母親這兒的有三位親舅舅）幾經通信聯絡後，我偕母親首度返鄉，先到北京再去瀋陽、哈爾濱等地，又因機緣，得以參加在無錫召開的文學會議——在大開眼界、大受感動之際，也因此展開了長達至今的大陸行。

　　十餘年來，幾乎每年都會走上一趟：或為探親，或為訪友，或為開會，或為那大江南北的迷人景點，或為其流韻千載的人文風采⋯⋯

　　儘管如此，大陸實在太大了！有心如我，至今所遊，不過零碎幾片；更慚愧的是，下筆成篇的更少——像多次與開封親友、文友相聚；九零年與洛夫同遊十大城市，九三年與「葡萄園詩社」的「詩歌之旅」，九七年夏與張默的萬里絲路行，九九年的太原烽火臺點烽火，均是念茲在茲，卻一直未得書寫的三數個例子而已。

　　這裡輯錄的，泰半是早期寫的一些詩，希望來日有機會能為這塊美麗的黃土大地，留下更多的詩證。

2001.4

省親

我為探親而來。
——這一切都令人興奮：
北京無限的大
長城如風中之龍
（彷彿隨時都會騰空飛去！）
關外的世界充滿了風沙、傳奇、和北國兒女的
豪情
江南啊
卻像霧中的一聲款乃
處處都飄著詩經裡的音符‧‧‧
住在古老胡同裡的舅舅
有如從另個世紀另個朝代走出來的
歷史人物——
一張滿佈風霜的臉上
刻烙了太多的滄桑
一雙眼眸
則寧靜似暴雨後的潭面‧‧‧
我的淚水
混合著全部的憂喜期待溫馨與迷亂
潸潸地落下來、落下來‧‧‧

　　（不知有沒有一兩滴落在
　　　那一汪平靜深邃的潭面上？）

一輛馬車
達達的穿過夢域
來到九十年代的大街口‧‧‧

家園

我們開車緩緩馳來。
積雲很厚，心情很凝重
宛若進行一樁神聖而古老的儀式——
繞著
　　一
　　　堆
　瓦　礫
　　　的
　　　空
　　　地

（‧‧‧上個月才折除的）
（說來，已有六七十年歷史了‧‧‧）

昔日的風光
昔日的盛況
啊　昔日的每一件往事、每一吋家業
——望著那片灰茫茫的雲空
一旁的母親啊
似乎在一瞬間回到了過去‧‧‧

補記：我祖籍河南，此次返鄉格於種種因素，未能到河南一訪，實是遺憾！

　　媽媽是瀋陽人，昔日王家可算地方上望族。這數十年來由大舅所住的房子，正是當年外祖父（一位頗有成就的留日建築師）親自設計的老家——雖已有六七十年歷史，由黑白照片中可看出，當初那些特別由菲律賓運來的高級木料猶自光澤結實，有七八成新；可惜，這樣一幢羅馬式的房子，就在我們返鄉的一個多月前折除掉。

　　據表弟相告，新屋可望在兩年後建成。那時，他們將可分到其中的一部分。

冰城——哈爾濱

一到了十二月
他們告訴我：
這裡的夜晚便熱絡起來
冰封的松花江
讓零度下的大地輝煌成一種奇觀！
人們蜂擁而至
像加州少年一樣的滑著冰橇
打球、嬉戲、堆雪人
套著熱呼呼的皮大衣
成群的穿過冰塑牌坊
在月下觀賞
一座座玲瓏剔透的奇幻世界
——宛若西遊記中的五彩水晶宮
美得超乎想像
又燦然得有如置身夢境

你來吧，表弟
他們告訴我：
每年，只要一到了十二月
人生就會如此美麗

　　後記：這裡指的是農曆十二月，隨著年關已
近，家家戶戶都準備停當，只待一盞盞冰燈亮起，
哦、哈爾濱的公園啊，就一位親戚所說的：人生就
會如此美麗。

菁菁——在北京

· · ·不知怎麼的妳就出現了
菁菁
可人的南方女孩
一次難以忘懷的邂逅
在北京
在秋的十月
在陽光溫暖的午後故宮
那金碧的故宮啊
彷彿就為了妳我這一刻
繁華興衰了千百年· · ·

歷史是多麼的神奇啊

命運和愛情更是加倍底神奇！
菁菁
就像但丁遇見他的琵雅垂斯
我的心也在這一剎輕輕顫抖
我的心知道
這會是多麼甜蜜的開始！

——不再懷疑生命的意義了
——不再任性的否定永恆底存在
——不再拒絕呼吸和古老大陸的擁抱
握著妳柔潤的小手
菁菁

北京的秋天多麼美啊

北京的秋天
在青春　在枝頭葉子逐漸轉黃的時候
菁菁
握著妳微溫的小手穿過
全世界最大的廣場
和百萬人一起散步
觀望
歷史的消長　白雲的浮動
以及熱鬧市集中
又好聽、又有趣的叫賣場面
——只是許多奇妙經驗的一部分
從安靜的胡同走到近郊的白菜田
一路悠閒的等待風　感受美
還有嘹亮的歌——
菁菁啊
那時的我們多麼快樂！
那時的我們多麼像一對牧神：
揮霍著時光
同時享有人間一切底幸福‧‧‧

菁菁
儘管歲月總是如此無情地流逝
相信妳已瞭解

人世間有些事物卻不會改變
相信妳已知道
就像我對妳底思念
那分手以後的長長思念
是多麼　多麼　多麼的　纏綿
纏綿啊

菁菁

　　補記：一九八八年秋首次和住在北京的三姊見
面。翌日，他們領我們逛故宮，就在那裡，從重重人
潮中，我邂逅了菁菁——一位來自南昌的少女，也是
我喜歡的第一位大陸姑娘。當時，我還冒然的約她第
二天見面。可惜的是，我雖然無畏自己不識路，卻全
然不知北京之大！胡同之多！騎著借來的自行車曲曲
折折的找到時，她已隨著團隊出發了！令我惘然有失
了許久許久‧‧‧

　　不知該說是幸運或殘酷的是，我留有她的
位址——返臺後，我立刻去函，卻久久不得回
訊，好不容易盼到消息，卻是其父來信，告知她即將成
婚了‧‧‧

　　命運之無奈啊，每每若此！

江南夢

人清如蓮
花落如雨
——這等美麗的意象
千百年了
不知被引用了多少遍
想望中
仍然感動得令人銷魂！
南國少女
（一旦目睹）
仍然靈秀得像畫上美人！

隨著飛篷細雨
走在鶯啼燕舞的春日
和黑瓦白牆的房舍間
——有一刻
彷彿連時光也放慢了它底腳步
流目四顧
彷彿連天地也為之屏息——
陶醉：這片恍若香格里拉底美好‧‧‧

江南啊
如果我隨著擺渡人穿過木製拱橋
會不會來到十九世紀？
來到盛世的乾隆？
　　　　風華的中唐？

神祕的六朝？
會不會遇見撈月的詩人？
在一彎悠悠然曲折的流水間
飲一觴酒，吟一闋詩
穿逡於極盡巧思的樓閣亭臺中
品味著人生的風雅與閒情‧‧‧

如果我乘風凌波
來到一望無際的蒼茫湖畔
在綠得化不開的柳樹下
會不會有絕代的名士和絕色麗人
伴著一曲曼妙的霓裳以絲竹候我？
──面對澎湃如萬馬奔騰的潮水
執一把碧寒寒的寶劍長嘯而起
多少的英雄事跡、兒女纏綿
俠骨與雄姿，大野或傳奇
轟轟烈烈或平凡自在
都不過一汪春水、啊　被浪淘盡‧‧‧

當黃昏來臨
沿著碎石長堤走去
吃一筐村姑手摘的菱角
喝一鍋熱呼呼的蓮藕粥
入夜後
摟著她柔若無骨的肩頭

──說我西行千里的往事
漂泊歲月中的憂歡與浪漫‧‧‧

江南啊
今夜，如果我躺在這片綠絨絨的草地上
你會不會實現我常年久盼的願望？
化身千百
結集無邊的風月圓一個
返鄉浪子的　夢‧‧‧

　　後記：88年，的十月二十，從北京出發，絡過一
日夜的長途跋涉，終於，啊我終於來到了無錫──一
個令我夢繞魂牽的江南世界！
　　那真是一次神奇的十日之旅：除了開會，從無錫
到蘇州，雖然眼見耳聞的僅僅是浮光掠影的一瞥，江
南，並沒有令我失望，江南，在很多地方，仍然美得
像一幅水墨畫，連空氣中都飄浮著詩意：遼闊的太
湖，英雄與美人的故鄉，舉世無雙的園林之勝，還有
那小橋流水的風情，而南國女兒的體態婀娜，膚質細
緻光澤（就像太湖的名產，可口的銀魚那樣）：「眼
靠鼻，鼻靠嘴，鼻直口方，楊柳細腰」在無錫鄉間，
一名年輕的解放軍如此得意的告訴我：揚州有美女，
蘇州有美女，我們也有美女！是的，就像俗語說的：
天下才子在揚州，天下美女，至少一半在江南！
　　噫，能不夢江南？

在心靈的湖水灣──在無錫：第六屆當代文學評論年會

是何等的機緣使我們相聚於此：
在碧漣漣的太湖之濱
宛若胸懷奇氣的藍衫書生
振臂迎風
承襲千年來的人文風雅
意氣軒昂的談古論今
浸浴在文學世界的饗宴裡‧‧‧

今夜（漫步月下）
幽靜的古城恍若一首綺麗的唐詩
又帶點六朝的斑剝
水光輕漾的湖畔
飄著江南桂花的清香
一條古老長街底處
──或許
那兒也有一名年輕詩人
有一天
也會流浪萬裡的來到另一座城市
風塵一身的鄉愁
像此時此地的你──
只因一次機緣巧妙的撞擊
透過心靈對心靈的交流──
為青春、為生命
烙上一道

永
　遠
　　斑
　爛
　　的
　　　彩
　　　　虹

　　後記：88年的十月，自二十日起，一連十天，第六屆當代文學評論年會，在太湖之濱的無錫召開，共有百餘人參與。大會情況熱烈，最後兩日還安排了一趟山色醉人的蘇州之旅（且在那洗了一次水如凝脂的澡）。

　　此行不但結識了許多有成就的學界與文壇上的名人，而且很榮幸的被視為與會的貴賓之一，招待熱誠，留下非常深刻的印象。

　　所謂的文人雅集，無論有關風月否，都是相當感人的。

友誼之外
——贈大陸年輕人

友誼總是這樣開始的：
相視
發自內心的笑
（幾乎代替了語言）
握手，用力搖著對方的肩
毫不猶豫的接受邀請
或者允諾——或者狂歌——
即令是挑戰——
在我們年輕的時候
胸臆激盪著熱血
一顆金色的心
一分高邁的壯志
有愛、有淚、惑於夢想、喜歡流浪
——一到秋天
每每不能自禁的披上青花T恤
瞪大濃眉下的雙目
翻山越嶺、乘舟出海
在認識宇宙的同時也渴望著征服！
渴望著
命運和流星一起劃過天角
——也許快的來不及許願
悠悠的歲月匆匆
從滾滾的海峽兩岸
到萬裡黃沙的坦盪江山
我行雲流水的生活著

你動若脫兔的追逐不已
天是無限的藍
大地也伸張開雙臂
任你縱橫的穿梭、尋覓、思想
所有的悲歡時代體制與夫生民的安危‥‥
──面對整個世代
你底呼聲渺小、靈魂寂寞
肩負著千百年千百萬的傳統包袱
一顆壯烈的心啊
也不免憤怒到近乎窒息！
──像煞了飄泊巴黎的海明威
蒼白的閣樓歲月
深鎖著陽光也深鎖著眉宇
憂鬱的金色靈魂
孤苦似北方草原上的一匹狼
日復一日的仰天嗥叫
──直到新月穿雲而出
淚水潔淨了風塵的容顏
而未來的道路猶長、意氣猶盛
關於生命的奇異人間的詭譎自然界的
飛沙走石
隨著黎明前的一場雨
刷刷刷的打在心田
「這是新生！」你忽然了悟
就像──就像天地間的一次邂逅

無論多奇情、多短暫、多遙遠
一如友誼總是這樣開始的：
人生啊少年的人生
也同樣的繽紛美妙！

北大抒懷

輕慢地
輕慢地
又輕又慢地　穿過
一扇厚重的紅木門
剎那間
我恍若經過時光隧道的來到了
七十年前的五四：那個令人熱血的時代！
彷彿正置身在二十年代的中國──
北大啊
我心目中的聖地
諸神的殿堂
多少年來的想像一旦成真
凝目屏息中
千百種滋味糾結撞擊下
有一刻
我不禁怔忡了‧‧‧

北大啊
懷著一分虔誠的浪漫
我來了！

北大啊
從流動的風　從往來的學子
一張張發光的面頰
我似乎看見了當年的新人類

一個個快步的追求理想
從葉子開始變黃的林間
我呼吸到濃厚的人文氣息
聽見了德先生與賽先生的爭辯
聽見了
有人熱情的宣揚自由主義
（有人激烈的支持傳統）
——為了新世紀新中國的未來
年輕教授舞著尚方寶劍
學生領袖四處散發傳單
精神矍鑠的老者抖著長辮子咳嗽
——星子紛紛落在湖畔
大地風雷湧動
（剛剛由廊下奔去的少年
會不會即是昔年的父親
為了一展抱負而前往白塔？）
——事事物物都在醞釀
——幾乎人人都在創造歷史
啊、且與歷史的巨輪同步前進！
柏拉圖的理想在此實現
沉睡千載的巨龍也在這裡覺醒‧‧‧

一陣冷風吹過。
漫天落葉沙沙。
遠方的鐘聲沉鬱。

我兀然警悟：
一如年邁的父親早已過逝
所有的可歌可泣都已成為往事
五四諸神也一一消失
──此刻
站在靜悄悄地文學院一隅
獨立蒼茫的面對──沉默的塞萬提斯
滿腔的悲涼還不及湧上──
屏息。
緩緩吐出一口氣──
北大啊
我突然瞭解：
因為五四的精神就在這裡
北大，永遠不老！

後記：88年的十月十五號，我在小馬（三姊女兒的男友，一位準博士）的陪同下，第一次前往我心儀已久的學術聖地：北大──那也是父親生前的大學母校。

　　當年，父親在五四第二年考入北大，唸的是哲學系，正值北大也是百年來中國人文與教育最輝煌的時期。也使父親一輩子都因此感染了一分五四精神與優良傳統。父親在他的回憶錄《前塵誌趣》書中，有一篇特別敘述了這一點，題目就叫〈北大之大〉，其中一段寫著：

　　「我入哲學系後，方知哲學系之大，亦方知北大之大。

　　北大之大，不在師生多，也不在歷史久，而在教授陣容之堅強。即以哲學系而論，蔡元培校長親自教授美學，其後蔡先生出國，改由鄧以蟄先生擔任。蔣夢麟先生教西洋教育史，李石曾先生教生物學，胡適先生教中國哲學史，陶孟和先生教社會學，陳大齊先生教認識論、認識論史及審判心理學，梁漱溟先生教印度哲學及孔家哲學，樊際昌先生教普通心理學及變態心理學，朱經農先生教教授法，劉廷芳先生教教育學及兒童心理學，徐炳昶先生教西洋哲學史，王星拱先生教科學方法論，譚熙鴻先生教進化論，屠孝實先生教宗教哲學。」

　　看到這些熟悉又不熟悉的名字，令我一時忍不住的神馳遙想起來‧‧‧

　　北大啊北大‧‧‧

　　──就這一點來說，老教授周策縱先生在其名著《五四運動史》內亦曾談及：「‧‧‧因此，北大

的教授團便包括了許多意見極為分歧的人物，由著名的保皇黨、守舊派與復古論者，到自由主義者、激進派、社會主義者和無政府主義者，都包括在內。有位中國作家曾大膽的說：『於是，很自然的，所有最富於生氣和有天才的年輕一代中國知識分子都群集在他的領導之下。結果在幾年之內創造出一種令人難以置信地多產的思想生活，幾乎在世界學術史上都找不出前例。』」

──這是蔡元培的功勞，也是中國人的光榮，更是所有生在當時的參與者（包括父親）的幸運！連帶著，使得七十年後一遊的我，也不能不受感動！

此行不久，我參加了在無錫召開的「第六屆當代文學評論年會」，回來後，透過四姊夫（當時為人民大學的中文系主任，一位著名的語言學者）介紹，結識了北大中文系教授謝冕先生──從他的身上，煥發的才氣和近乎詩人的瀟灑性格（知道的人都會同意：）我真實感受到，北大的光芒雖不如昔日耀眼，其精神仍在！

──就像佇立在校園一角，那永恆的理想主義唐吉哥德的創造者，塞萬提斯一樣！

夜宿武夷

我流浪來此。
無視這脈動的人世如何喧嚷
武夷山下的秋
綠的好爽、好嫵媚！

高樓隱去。
市聲隱去。
　　人潮
　　　車陣
　　　　　吆喝
　　　　　　　和夕陽逐一隱去‧‧‧
輝煌的城市景觀消失後
夜，溫柔的自一場大夢中甦醒

山，
處女一樣的端坐在燈暈未明的晦暗帶
黑衣黑髮黑衫
與唧唧蛙鳴相生相應的漫唱著
古調相思曲‧‧‧

又一次
我熱淚盈眶的感受到
無風狀態下底生命情調
超越凡塵的一種空靈
本原的美又無可比擬的純淨

卑微的小我應對著浩浩天宇：

　　呃、壯懷激烈的豈只是一朵
　　意欲撕裂的雲？　一泓
　　九曲十八彎的溪水？　一株
　　迎風挺立的獵獵青松？

一顆迷途的星啊
——千年前
（我依稀看見）
便已化為一道淡銀色底，淚珠與

嘆息。

月光下
靜　到　至　極——
大地
瀟瀟灑灑的從古代走來

後記：1990.6月由福建作協發起的「海峽詩人節」是我近年參加過的會議中，一次最有趣、精彩、也最有意義的文人雅集。

　　從廈門經泉州到福州，一路行來，不僅欣賞了許多醉人風光，瞭解到許多地域民情，吃到許多地方小吃，可以舉杯邀明月，享受擾擾浮生中的一抹閒情野趣，更可以結交許多意氣相投的朋友！

　　雖說長夜漫漫，十日之約只如一夕之歡，轉眼即去──卻已在心靈深處刻下一道難以磨滅的印記，不勝銷魂之至！

　　因有此詩。

1990.11.18補記

錯過的秋天
——在上海：有贈

真可惜我們錯過了這個秋天——
一個人在大城市流浪
有時陌生是一種自在
街燈想著自己的心事
落葉和路人都成了朋友
——我是愛歌唱的亞當
伊甸園中　快樂的原始人

真可惜我們錯過了這個秋天——
一個人住在上海　這麼大的城市
（你曾在信中告訴我：）
有時，孤獨不是一種享受
　　左腳拖著虛無的鐐銬
　　右手渴望著某種救贖
像禁錮在迷宮中的精靈
需要陽光、雨露、和真實世界的
緊密擁抱‧‧‧

真可惜我們錯過了這個秋天——
沒能一起走過上海　這麼美的城市
一起呼吸飄浮的時代氣息
買一串甜甜的梨膏糖
出入風味古老的豫園和城隍廟
採擷失落在市井間的傳奇
日落時

雙雙在黃浦灘頭觀看
啊　逐漸燦爛的大都會
如何像一顆巨鑽在黑絨布上放出光！
——在我的十指輕輕滑入時
屏息／驚奇：妳如花底芬芳‧‧‧

真可惜我們錯過了這個秋天——
一對年輕、寂寞的原始人
沒有故事、沒有奇蹟
沒有誰的嘴唇
抵住另一瓣冰冷的嘴唇
雙雙陷落在無夢的沼澤帶
因絕望而流不出淚
——時間靜靜倒斃在鐘樓上
影子被釘在牆角
霓虹燈憂鬱的失去光彩
喧嚷的十裡洋場縮為腳下一丁
伊甸園成為荒涼的流放地——
沒有救贖　沒有機會
（妳在最近的信上告訴我：）
等待是幻滅的最末，也是最初的命運‧‧‧

「給我寄張照片吧！
讓我也看看那邊的世界
學學新潮、又帥氣的打扮

撇開領口
把青春噴滿色彩
做個品格獨特的女孩」‧‧‧

真可惜
　　　我們
　　　　　錯過了
　　　　　　　這個
　　　　　　　　秋天

　　　　　啊　秋天‧‧‧

清晨的洛陽

清晨的洛陽
下了點雨‧‧‧
比姑娘家的心事　淡些
和九月的清秋　一樣沁涼
窗外白楊靜謐如中世紀的歐洲蝕版畫
──一聲車號
刺透了霧之紗帳
浪子的鄉愁啊
悄悄地自葉尖上
向整個宇宙　漫開

思惘中
我彷彿看見了千年前的白馬寺：輝煌
千年前的鐘聲：悠悠
而清晨的洛陽──忽明　忽晦

給遠方朋友

在靈魂深處
在季節的邊緣
在山與水連接的地方
在此刻，安靜的褐色書桌前
我彷彿聽見了你們底呼喚‧‧‧

我彷彿又一次的來到你們中間
磨擦著彼此肌膚
擁抱著古中國的夢與溫馨
和你們一起微笑、省思、承受著
來自人世的一切悲歡！

直到幻象消失
第一顆冷星熒熒昇起
——遠方的朋友啊
我仍可感受到體內的騷動‧‧‧

　　後記：這是我個人的第六次大陸之旅，也是一次
相當特別、值得紀念的「詩歌之旅」。
　　我們在北京會合，南下到西安、洛陽、開封，鄭
州、武漢、重慶等大城市，在每個地方都受到當地詩
友的熱情接待，實在令人感動！
　　在此，謹先以此首小詩，表達內心的謝意！

卷五

一襲白衣希臘行

前言：今（2000）年8月中旬，應邀參加在希臘舉行的20屆世界詩人大會，會後遊土耳其。前後兩個多星期，真是大開眼界，感慨良多，因有這些詩作。

序詩

拋棄了家居
拋棄了生活裡所有的華麗虛飾
拋棄了社交　書本　電腦　和自瀆式的筆記簿
拋棄了五千斤的包袱　四百年的淚水
拋棄了世紀末的哀愁與夢想
一襲白衣
張開大鵬翅膀
迎向青銅的島嶼
　　神話的故鄉
希臘啊　我來了

初臨雅典——曦光中

緩緩的穿出三萬呎高空的黑暗
緩緩的迎接純藍色的命運
和死亡一樣安詳的寧靜啊
比睡貓更慵懶的風啊
沉澱了千年的微潮感覺
橙紅圓月下的古城
在我底指尖上，逐漸溫柔的發出
宛若四弦琴的光

航向愛琴海 2

我是精靈　我是戀人
我是來自遠洋的歌者
踏著蔚藍的音符在海上狂舞
夏日的旅人沉溺在都會的喧聲裡
白衣的放逐來自命運的呼喚！
我底心
美麗的愛琴海啊
我底心在你底浩瀚寧靜中
迎風流轉的化為
一朵亙古蒼茫的白雲‧‧‧

　　註：此詩原寫於塞亞羅奈斯─希臘的第二大城，
也是此20屆世界詩人大會（8.16─20）的舉辦地。我
於18號抵達時已近尾聲，正好趕上參加閉幕式。19號
隨團觀光，主要是在某濱海小鎮，午後在一渡假餐廳
吃飯／休閒／戲水，此詩即寫於那間餐廳的留言簿。
　　原文為：序歌─

　　我是精靈　我是歌者／我是來自遠洋的戀人／伴
著蔚藍的音符在豔陽下狂舞／啊　美麗的愛情海之夏
／我底心／我底心在妳底浩瀚寧靜中／迎風爆裂的化
為／一朵亙古蒼茫的流雲‧‧‧

航向愛琴海

海喲海
燦亮的大塊藍啊

誰在你的胸臆間澎湃激盪？
誰在船桅上唱著蒼涼的情歌？
誰讓翻飛的海鷗銜來青色橄欖枝？
誰乘著阿魯科船尋找傳說中的金羊毛？
誰為了美而生？為了愛而死？
在遠方的帆影迎接不可知的風暴以前
又是誰，點燃了第一道烽火？

鷹在天外飛揚
風自千年前吹來
一襲白衣迎著上昇的朝陽
讓海風拂乾每一滴汗水　每一串淚珠
讓孤獨的水手拾獲漂流的海瓶
大海的盡頭每每是命運的起點——
迎著上昇的朝陽，展開靈魂的翅膀吧！

海喲海
燦亮的大塊藍啊

註：據希臘神話，伊阿遜是人類中第一個乘著大船（阿魯科號）尋找金羊毛的英雄，而維納斯是傳說中的愛與美的女神，在海上誕生，她的希臘名為阿富羅達底Aphrodite，維納斯Venus為羅馬名。

從雅典搭乘渡輪到有愛琴海之珠之稱的雅典娜島，是此行的第一遭，黎明登船，迎風渡海，天地一片汪洋蔚藍，海喲海，那燦亮的大塊藍啊，使長年居住都會中的人子，不僅大開眼界，也感觸良多！

千年的傳說交織著當時心情，實在又是興奮又是複雜・・・

渡假海濱所見——雅典娜島

生命在此彈出另一種音色：
馬車在樹下午寐，月神在山上休息
清新的海風穿過遊艇林立的碼頭送來
慢音符的咖啡香
戀人們輕悄的徘徊於兩叢綠蔭之間
白牆／藍門／紅花／守護神
靜靜佇立在愛琴海的臂彎裡
蟬鳴停止的剎那
時間消失了
花襯衫的觀光客都醉了
個個亢奮的穿梭在天堂樂園的邊緣
小巷裡的居民
慵懶的體態　慵懶的笑意　慵懶的來去‧‧‧
一瞬間，我忘了自己是誰？為何而來？

後記：有愛琴海之珠美譽的雅典娜島，是此行希臘的第一個觀光景點，島上的渡假氣氛濃厚，一家接一家的咖啡店，陽光強烈而步調輕緩每每令人感到這樣的人生才算人生！

小山上有月神廟，駕車的灰髮司機，在歸程上，因聽我亂唱莎塔露琪亞，便也激情起來，不但一路雙雙狂吟，還加快速度，不斷穿梭希臘（或島上）特有的小巷，戶戶直如風景畫片，真格是美不勝收、看得人眼花撩亂！

使我們這一車人大呼過癮，而月神廟（較之午後的巴特農神殿）種種，自不算什麼了。

午後登巴特農神殿——雅典印象 1

穿過舊市區的迷宮
波拉卡以西，岩丘上的古老衛城
泰山一樣俯覽著我們的
童年　少年　老年

穿過山門　穿過空盪盪的劇場
雲雀啞了　海倫哭了　伊底帕斯王死了
一根松針
刺出兩萬五千人的吶喊

假面的歌者已陷入了封閉的新潮巨室
偉大的悲劇也不能震撼年輕的靈魂
囚居的無翼勝利女神啊
非喜非嗔的觀照著
人間　大海　天空

哦　烈日下的巴特農殘垣
一幕幕華麗多姿的起伏
原是一波波拍打沙岸的浪潮
千年　百年
無論衝擊出多少傳奇的輝煌
橫陳腳下的堅石啊
便見證了多少傳奇的沒落‥‥‥

後記：有兩千五百年歷史的巴特農神殿，曾被視為人類七大工程奇蹟之一，今日面對，在黃昏的夕照下，只剩幾許悵然！對數學家或工程師的吸引力，可能也比不上往昔；當然，對滿懷思古之情的我們，自然還有其他意義，其他動心之處···而巴特農神殿，雖僅僅聳立在一兩百公尺的山丘上，卻足以俯瞰雅典，其氣勢恰如孔子所謂的登泰山而小天下。

　　有趣的是，其所雕塑無翼勝利女神，卻是為了在戰爭時留下勝利，而把女神的翅膀去掉——從此亦可一窺，戰爭的荒謬性與人性的膚淺本質。

　　希臘喜劇劇作家阿里斯多芬曾寫有《雲雀》一劇，伊底帕斯王之死則為哀斯奇勒斯的名劇。兩者都是曠世的劇作家，如今卻也明顯的比不上去看一場阿湯哥演的「不可能的任務」。

街頭的蘇格拉底——雅典印象 3

兩千五百年的風吹過去
收音機　電纜車　衛星塔
定時運送著各式各樣底焦慮
街頭的蘇格拉底啊
從古希臘來到世紀末
在兩個燈號和一串喇叭之間
你能辯證什麼

從一地浪遊到另一地
有人為了逃避
有人為了考古
有人只為了觀看不同時代的人類愚行
街頭的蘇格拉底啊
我拋去一枚冷幣
你渴望的可是另一杯毒酒

後記：在驅車逛市區時，不意間看見一名街頭路人不斷放聲說話，卻無人理睬；一時間，予人感覺恍若隔世的來到兩千五百年前的雅典，到處都是真理的追求者；卻不幸的從古希臘來到世紀末，相較其可以想像得到的命運，真還不如昔年的蘇格拉底，至少可以求仁得仁。

日落愛琴海——在沙羅尼柯斯灣：雅典最南端

流浪　再流浪
奔馳　再奔馳
狂歌　再狂歌
迎著浩蕩的天風
一襲白衣
滌盡了紅塵中的三千俗慮

哦　大海為何如此碧藍？
大地為何如此蒼茫？
千載的殿宇為何如此沉默？
夕照下的影子為何充滿了悲愴？
無法言述的情愫
為何一再被溫柔的浮雲撩起？

一襲白衣
滌盡了紅塵中的俗慮
滌不盡靈魂深處的哀傷‧‧‧

任破碎的拼圖望空燃燒！
任癒合的傷口被風撕裂！
任肉體擠壓肉體　潮水拍打巖岸
一襲白衣　一襲白衣
金色大地的守護者
護不了一朵雲的流轉
也護不了自己的命運！

佇立在蘇尼阿的懸崖上
很吉普賽的走向被神遺忘的角落
對著逐漸溫柔的夕光
我恍若看到一襲白衣　那絕美的身影
一閃
化為一串激越的音符
徐徐墜向海面

　　後記：在杜拉家住的最後一天，喬治特別提早
下班，開車帶我們去希臘的最南端看落日，那裡面對
沙羅尼柯斯灣。根據希臘神話所載，昔年西塞斯王子
Theseus和父親約定，一旦殺死克裡特島上的牛頭人身
的怪物米諾塔Minotaur後，回來便會將船上的帆換成
白色的，沒想到他因勝利的興奮而忘了這項約定，其
父以為他失敗了，因而在此跳海自殺，而蘇尼阿的懸
崖便是跳海之處——
　　希臘神話，泰半如此的充滿戲劇性與人性，方能
歷久不衰的傳頌至今。據說，拜倫當年也曾來此，並
在一塊壁石上，刻上自己的名字。

問
——某教堂一瞥

一根蠟燭點燃了一室的憂愁

為何你們總是如此哀傷？
你們澄明的雙眸
為何總是茫然凝視著遠方？
為何來告解的虔誠婦女
總是向你們述說人間的苦難？
為何窗外的藍亮無法穿透牆裡的陰鬱？融解壁
畫上的憂傷？
為何聖徒永遠嚴肅？耶穌永遠愁苦？
濃鬚黑袍的教士永遠像雲端上的耶和華？
聖潔的瑪麗亞啊
懷中抱著聖子　一身浴著光環
為何還是如此的不快樂？不快樂？不快樂？

又一根蠟燭
點燃了一室的憂愁

後記：美哲愛默生曾寫有一詩〈問題〉——

　　我喜歡教堂，我喜歡僧衣／我喜歡靈魂的先知／我心裡覺得僧寺中的通道／就像甜蜜的音樂，或是沉思的微笑／然而不論他的信仰能給他多大的啟迪／我不願做那黑衣的僧侶

　　此詩由張愛玲譯，當時很得我的共鳴。

　　此行希臘，面對那些華麗的教堂，莊嚴的氣氛，嚴肅的黑衣僧侶，來告解的虔誠婦女，給我留下相當深的感慨，因有此作。

斟滿一杯薩摩斯的美酒——致拜倫

詩人的呼喚總是激情的。
開奧的繆斯　海濱的繆斯　來自倫敦的繆斯
海倫已逝　奧德賽已老
海上的千帆已化為林立的白遊艇
一個人不可能踏進一條河兩次——
希臘的命運是人間的命運
希臘人的悲歡是人性的悲歡
斟滿一杯薩摩斯的美酒
把戰爭留給歷史吧

看吧　戴奧尼索斯仍在林間暢飲
阿波羅仍自瀟灑的彈著豎琴
普羅米修士仍禁錮在遙遠的山頂
成為風景的一部分　神話拼圖的一部分
誰還在空曠的劇場演奏
平德爾的抒情詩？
誰還在雲上聆聽
十丈紅塵的悲歡交響曲？
奧林帕斯山的神祇多已出國渡假
正義的雅典娜畢竟是正義的
斟滿一杯薩摩斯的美酒
把歷史留給星空吧

讓英雄返鄉
讓浪子再度出發

讓海格力士留在冥河
讓觀光客圍著特洛伊的複製木馬拍照
讓半圯的古城列入聯合國的保護區
讓貝殼是貝殼　馬拉松是馬拉松　雅典學院是
雅典學院
讓神話的屬於神話　人民的屬於人民
往日的輝煌是往日的
斟滿一杯薩摩斯的美酒
詩人啊　經過千古的悲吟
只有樹蔭下的人生是一首永恆的歌
只有和平的大地才是永恆的家園
只有綻放玫瑰的靈魂瞭解
樹的寧靜　花的芬芳　與泥土的喜悅

後記：自1465年起，希臘受土耳其的統治，到1821年起身反抗，這給熱情浪漫的詩人拜倫很好的機會，由一個夢想家成為行動者，不但把大多數家產捐出，奉獻給希臘革命，並在1823年投身其中，並在次年去世。

拜倫曾寫有〈哀希臘〉一詩，在詩中鼓勵希臘人不要被薩摩斯島的美酒迷惑了，要拿出斯巴達的精神，向統治者抗爭！詩人的呼喚總是激情的。

幸運的是，經過兩世紀的努力，現當代的地球子民，大多可以享受民主的樂趣與自由；今日的希臘也是如此，戰爭無論多麼的正義，都是野蠻的，是權力者相互間的角力遊戲，和民族的尊嚴也許有關，和民生的福祉百姓的安居生態的平衡，絕對無關！

希臘詩人伊利提斯（1979諾貝爾文學獎得主）就曾在一首詩中指出：「在天空的道路上仇恨是多餘的」（〈我不再認識夜〉）。

今日的我們已不容易被政客的口號所惑，今日的詩人自也不同於昔年的拜倫，儘管，我們可能同樣的喜歡希臘。

「斟滿一杯薩摩斯的美酒」正是拜倫〈哀希臘〉一詩中的名句。

開奧的繆斯指的是荷馬，海濱的繆斯指的是莎孚，來自倫敦的繆斯，當然指的是拜倫。

「一個人不可能踏進一條河兩次」為希哲赫拉克賴脫的名言。

古城偶見——在艾菲索斯

一根根斷柱默然見證著
千年的蒼桑與虛幻
從喧囂的市集　浴室　圖書館　酒神劇場
到春天，草木自然成長
一切的歌　一切的憂歡　一切歷史的交會點
在夕陽漏過雲隙的瞬間
凍結。

因為妳——
妳那姣美的身形一轉
我彷彿看到了海倫的背影‧‧‧

後記：從薩摩斯島搭船到庫沙達西，就等於是
由希臘到土耳其，而有龐貝古城六倍大的艾菲索斯正
是其中一個最具代表性的古都廢墟，由於其強烈的希
臘背景，一直到特洛伊，你都以為自己還置身在古希
臘；當然，這也是一般短程旅遊的盲點，每每以偏蓋
全，還容易自以為是。

　　無論如何，初睹艾菲索斯的遺跡，感覺還是相當
震撼——以至隨著心緒起伏，彷彿看到了海倫‧‧‧

我還要來：詩贈希臘——在機上

把窗外的流雲加上幾滴藍
讓自己的心在撕裂前浮起笑意
愚人般　堅持一種不快樂的快樂
再見，希臘

飲盡最後一口夜色
任南瓜車自燥熱的夏夜逃逸
讓歷史隨著月光昇起
飛吧　靈魂是一座孤島
神就在我們四周飄浮

飛吧　飛吧
以無邊的銀河為界
飛吧　飛吧
壯美的愛琴海
我們仍在你底臂彎中徜徉
飛吧　飛吧
閃電是鼓　浪子是風
而我心中的玫瑰太過潮濕

希臘啊　願我們一起飛翔
想像大地是你的胴體我的床
希臘啊　透過你溫暖的唇在我底耳邊歡唱
生命是一首簡單　飽滿的歌
生命是可以比輕鬆更加倍的輕鬆

薄荷的海洋　　薄荷的寧靜　　薄荷的氣泡
豔陽下的沉默也像是純得化不開的酒

有人卸下了一襲白衣
有人從雲端飄下
有人自古代走來
希臘啊　　深藍的假期永不結束
為了聆聽遠古的悲歌　　遠古的傳說
我還要來
為了奧林帕斯山上的神祇
為了迷宮　　為了一根斷柱
為了島嶼的藍白風情
為了熱情的雅典友人
為了戲水精靈
為了濱海小鎮
為了街頭的咖啡屋和廣場鴿子
為了伊索
為了蘇格拉底
在這個城市擁抱你以前
為了盲眼詩人
豐富了全世界的想像花園
為了林中的酒神
為了夢中的海倫
為了妳
啊　　那臨風回眸的一笑

希臘啊　我還要來
希臘啊　我還要來

　　後記：從8.12由臺北經新加坡到希臘的雅典，賽沙羅奈基，薩摩斯島，以至庫沙達西，艾菲索斯，巴穆嘉麗，棉花堡，特洛伊，25日到伊斯坦堡，逗留兩夜，再由新加坡返臺，前後兩星期，除了有大開眼界的收穫，亦別有際遇與會心。返臺後，連同一路所寫的零星詩文，加上照片，以一月之功，寫成此輯，雖說有洋洋三數十首，其中點滴，自在心頭。

第五部

《藍色浮水印》

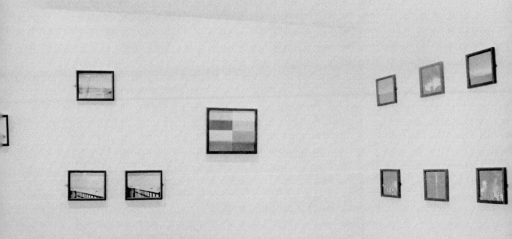

卷一

生活不只是一種感覺

問　為何無人在此陪伴我？
　　有誰知道我在此——
　　誰能瞭解我魔鬼般的孤獨‧‧‧

　　星星瞭解我的孤獨嗎？
　　星星可知道我在此——
　　星星可願燃燒自己的引導我‧‧‧

　　流雲無法陪伴我
　　流雲不知道我在此
　　流雲有它自己的天空和迷惘‧‧‧

　　為何我這麼孤獨呢？
　　為何無人知道我在此？
　　為何我需要別人的陪伴？

　　星啊　雲啊　無所不在的精靈啊
　　誰能告訴我啊

近秋時分

風起自巷口（落葉如
黃昏中的舞踊）
再晚一點
就秋了

——雖則感覺仍很爽俐
一身清素
帶著一點點綠
我伸出雙手
追隨每一尾藍天上的雲
出入市廛
傾聽
細致、遙遠、類似蘆笛的
山林之歌

不覺間
也興起要不要下鄉要不要
抓起一把泥土擁抱這片大地的衝動
使人溫馨的田園往事啊
感懷中：使人愁‧‧‧

——就這樣藍藍的
秋了

孤雲
──夢之白描

我又單槍匹馬的闖入
藍天與山林的國度‧‧‧

狼在草原上奔馳
風恣意的吹響每一個號角
雪花落在枯枝的肩上而
一顆孤獨的心啊
渴望著另一次的蛻變／邂逅／與
撞擊！

穿過星星與夢的國度
我又單槍匹馬的闖入‧‧‧

我底心是一座風中之城

我底心啊
是一座風中之城
追逐著什麼
也孤獨的堅持什麼

我底心啊
是一座風中之城
葉落掉一生所有的哀愁
又不只是哀愁

我底心啊
是一座風中之城
流浪以前是激越的歌
流浪以後是記憶之門

我底心啊
是一座風中之城
世界在夢底邊陲消失時
我仍伴著妳，聆聽窗外雨聲

我底心啊
是一座風中之城
像鷹在高處
守候著落日
我面對著命運
默默自地平線上昇起

需要
——給青春

更多的寧靜。更多的
窗口。更多的光。夢想。科幻漫畫書。
和柴可夫斯基———一顆憂傷的心
有時需要更多的泡沫紅茶
加上一片檸檬
浸泡

經過沾滿喧塵的人間
有時什麼也不需要；交叉十指
抱著自己的肩
以更多的淡漠望著春天。
　　　　　　　　夏天。
　　　　　　　　　秋天——
陌生人一樣的溜走‧‧‧

一本敞開的書
徐徐封塵時，和桌上的空白稿紙一樣
拒絕成為心情
或故事的一部分

有時以整個下午的
垂眉
諦聽：狗吠、穿過窗隙的風
小草的細語，以及
失落於林間的跫音
如何自古代輕輕傳來‧‧‧

——在一聲尖銳的蟬嘶靜止以前

——在兩扇老式的鐵柵門呀然封閉之際
你看到一顆同樣年輕、憂傷的心
正迷惘的通過另一度時空——
在書牆、落地鏡、和鐮刀似的彎月下
自瀆又自瀆——有時向整個社會
有時，僅僅為了顫動的十指
抓不住一句箴言！

猶若蒼白的微笑不能給我們帶來什麼：□□是
泡沫，未來是□□；孤絕的你
無論怎麼張望、吶喊、或者馴服了誰——
一粒無人理睬的黑色咖啡豆啊
就是一粒無人理睬的黑色咖啡豆！

我們能在這腐爛的世界得到什麼？
我們能在這物化的世界夢想什麼？
我們能在這虛幻的世界期待什麼‧‧‧

像正在消失的光，沒有人
知道你底存在。沒有任何事件
像逐漸逼臨的鐘聲，期待你底出現
沒有誰在乎或者牽掛誰：即令是最甜的笑靨
加上火燄加上淚——此刻
就是此刻：永恆的誓言還在耳畔繚繞

永恆的戀人啊
已冷冷錯肩而去‧‧‧

一顆年輕、受傷的心
從煙、從傾斜的街角、刀鋒劃過的
往事邊緣，混合著比狼還悽厲的吶喊
一路奔馳──
　　　　　撕裂──
哦　無論今夜天國在那一邊：
　「如果一棵樹能夠迎接閃電
　　　一粒種子為何不能選擇毀滅呢？」

哦　讓一生就燦爛這一次罷！

在午夜、在長長的歎息、
在最後一句鐘響
剝落以後──爆炸以前：
此刻，就是此刻！
一顆年輕、憂傷的心
需要
比死亡更強烈
更美麗
更多
更多的

寧靜。

生活不只是一種感覺——人間有味是清歡：東坡詩

雨歇時
街上傳來熟悉的鳥唱聲。
菊花，和菊花般的往事
隨著雁影的遠去，漸漸浮起‧‧‧

坐在黃昏的城市一角
思念：遠方的風景、遠方的朋友
——多麼希望時間能夠就此倒轉
重新回到感人肺腑的一刻
讓消失的往事再次發出溫柔的光
照亮越來越多的面孔、土地、和平凡、零碎的
日子
——那些微妙的流動場景
彷彿在悄悄告訴世人
成長的祕密就隱藏在這裡　而生活
「生活不只是一種感覺」

他已於昨晚歸去

他已於昨晚歸去
擁擠的都會容不下
一顆孤寂的心

他已於昨晚歸去
隨著雲朵的流動
享受屬於自己的星空　花園　自在

他已於昨晚歸去
城市的夜不像夜　秋天不像秋天
巷底的廟口不再飄來熟悉的茉莉香

等到夜是夜　夢是夢
窗外的長街恢復昔日的寧靜
湖畔鷺鷥也被淡紅的月光飲醉
一城的喧囂只是一首歌的時候
哦　風滿山林而他會再來

後記：此詩緣起於網上詩友芬芳在「詩樂園」貼的一首詩〈稻草戀曲〉，因很像好友尚平近日在高美館的個展「反雕刻」，一問之下果然如此！巧的是，日前尚平兄妹雙雙北上，在我家小住一晚，昨日上網，告訴此詩，並請尚平回應，今日再上網，得芬芳回應，因感於此，有成此詩。

「湖畔鷺鷥也被月光飲醉」改自「被月光曬醉的獅子」，來自芬芳的詩句。

某
地

我曾強烈渴望的擁有你：
綠籬矮牆使我和隔壁松鼠各自微妙的
編織自身的夢，又在一個陽光下
成為裸體大地的子民。

白日，空氣飄著淡若薰衣草的香
青松，流雲，和那幢原木小屋
全是不可名狀的初生之美
牆壁上的紫籐有著兒時的喜悅
屋內散發著新出爐的麵包香
永恆的奧祕來自書櫃與窗口‧‧‧

而歲月是一首佚名的歌。蔚藍的海
在遠方沉默，同時聆聽著
夏日的蟬鳴、風聲、和一襲白衣的旅人
充滿愉悅的朗吟‧‧‧

世界就這麼大了；生命也隨著
另一個生命的出現
發出光，再出現另一個生命
木屋的上方昇起彩虹
──我孤獨的眼眸因此霧了
天地漸漸化為
千千萬萬繽紛的碎片
期待疲憊的我在長夜降臨前
──拾起
拼成一幅亦真亦幻的夢之家圍

喜歡，更喜歡

我喜歡沒有開始和結束的
夢
更喜歡不期而至的發生與消失

許多年了
我喜歡老歌
更喜歡一個人邊走邊哼
——搖擺於白雲　松鼠　和失意戀人之間
想像自已泡在晶瑩的紅酒裡
無可藥救的浪漫

在季節交錯季節的日子
我喜歡那些閃過樹梢的
模糊往事
喜歡收集和分享　編織和遺忘
更喜歡一下午的漫步
僅僅在湖畔
僅僅面對那隻沉默、自戀的白鷺鷥

我喜歡微雨
更喜歡打在頰上的清涼

我喜歡落日
喜歡穿過百葉窗的淡綠晨光
更喜歡公園孩子、街頭戀人含笑的眸光

我喜歡飄浮於城市上空的
汽球、旋律、和祕密
那些塗滿彩虹的私密流言啊
我喜歡30℃的仰首觀賞
更喜歡刻意又不刻意的遺忘它

相較於知識分子腔的詩人
我喜歡昨日的夏宇
今天的幾米
更喜歡一起生長的路人甲乙丙

關於人生
我喜歡思索
關於未來
我喜歡行動
關於愛情
（此刻想到的只有一句：）
我喜歡凝視
哦
更喜歡享受這分無言的交流‧‧‧

從一條老街　一句嘆息　一朵白雲
到一團亂糟糟的毛線球
我最喜歡
那種荒謬　有趣　近乎透明

沒有道理、沒法比較的
非事件的碰撞與感覺

是的
我總是這麼容易的
喜歡。
更喜歡自已這麼容易的喜歡：
好像EQ不太高的精靈，好像
十一個月大的孩子

啊　我喜歡

那尾微笑的魚——給幾米的詩之 1

1.

現代人多麼的需要愛啊

2.

住在巨大的牢房裡
我們每因恐懼而失去了翅膀
渴望活出動物性的感覺
卻不知不覺的成為一株盆栽植物
——所謂人生
是比電梯停電還要惆悵的無奈

現代人多麼的需要愛啊‧‧‧

3.

在末日、在死亡、在焦慮的心
漸漸失去天使的輕盈、孩子的夢想、
和新朋友對話能力以前
我們集郵、購物、補習、研究心理學
裝點自已的小窩
最後，豢養寵物
——從一尾魚的身上
發現了遺忘已久的微笑

4.

一尾微笑的魚，一個深情眼眸
日日夜夜
像狗一樣忠心
貓一樣貼心
愛人一樣深情的魚喲
陪我自語、陪我看電視、
陪我洗澡／睡覺／作夢——
想來這就是愛了‧‧‧
想來這就是愛了‧‧‧

5.

一尾微笑、發著綠光的魚
讓孤獨的靈魂注意到
天上的月、兒時的星星
和成人的躲貓貓遊戲——
伴著一度熟悉的舞步
飄入生命的大海
游啊游　遊啊遊
再一次的感受到無拘無束的樂趣‧‧‧

6.

一尾囚在水缸、發著綠光的魚
她的微笑，讓我感到憂傷：

　　難道這就是現代人的影子嗎？
　　難道這就是我們必須擁有的家園嗎？
　　難道一尾魚不該活在自己的世界嗎？
　　難道她不想認識更多的魚嗎？

一尾發著綠光的魚
讓我看到未來的自己
讓我認清自私者的終極命運
讓我瞭解愛是什麼？一朵寂寞的花
為何會飄向大地？

7.

讓她回到自己的家吧
讓她滑入無邊無際的大海吧
讓她悠遊在自己的王國吧

——現代人有自己的天地
我告訴自己：

一顆孤獨的靈魂
也該擁有自己的天空，也該尋找
可以讓彼此微笑的靈魂‧‧‧

8.

現代人多麼的需要愛啊‧‧‧

　　後記：幾米是九十年代中後期崛起的插圖畫家，在我心中，亦是一位詩人。

　　他的心靈很接近布雷克，卻多了幾分現代都會人的沉重！

　　他在書裡展示的不僅是一幅美妙、溫馨的畫，也是一首詩，一道清溪，一個充滿幻想的夢域，令我們憶　失落的童年，人性中一些並非祕密的美好，以及，屬於詩人的，那分迷人憂傷，可說是我近年最喜悅的發現，之一。

　　本詩中的粗體字，均引自原作。

卷二

昨日情事

我眼中的海

猶似迷途的獸闖入
文明禁區
綠色的夢和巨石雕像雙雙在冷風中
瓦解
——釋放的感覺　好
爽

靜靜地
遊走於官能大地的邊陲
捕攫妳
或任何一頭美麗小鹿的出現

總是狂暴而不失溫柔的
擁抱並切入
　　　每一個夜
（影子和影子糾結著）
（空氣中溢滿了花香和奶蜜）
（溢滿了濃烈膩人的血之氣息）

凌晨時分
妳快樂得像一名芭蕾舞者
啊　精靈一樣的歌著
　　　躍著
　　　　　輕輕顫抖著
妳，和妳渾圓底靈魂

我，和我眼中的海

無論世人是否繼續注目
昨日前日以及所有日夜的每一刻
我眼中的海由狂暴而死黑──而──

虛幻。如

傳說中一頭
迷途放浪的

獸

靜夜

有一天
我們或將擁抱的沉入
夜的底層
頭頂星光像妳眸光那般溫柔
寂寞化為泉水的呢喃
我們載浮其中
雖不免嘆息春天來的這麼晚
啊　那些淡綠的春天
經過無數美好又殘酷的等待
春天畢竟來了：

　　　土地是火悶熱的
　　　麥田正熾烈的搖曳
　　　花朵鮮艷欲滴

我們就這樣旋轉這樣燃燒這樣鏟平了
對方臉上的淚痕
不再茫然，不再憂傷
——浪跡了無數個雪季之後
也許就在即將來臨的今夜
我們從彼此的膚隙指尖
幾近幸福的感受到
一種落地無聲，可以稱之為
永恆的　寧靜

櫻花戀

·第一日·

我們結緣於樹下。雪花
越過了二月覆蓋著
妳嫣紅的雙頰
使我一時不得自禁的迷亂

·第二日·

當冰柱叮叮的解凍成輕盈的音符
獵人與獸的足跡雙雙出現在
夢底邊陲
所有的喧囂都在插頭拔掉的剎那
消失：

哦　密封如酒之夜

·第三日·

哦　浪漫不死
青春無罪

·第七日·

（我彷彿又一次聽見
歷史的風聲
隱隱
撞擊著心扉）

·第八日·

黎明之光
穿過漫天殷紅的燦爛瞬間
石壁上的血之往事
（伴著火燄中無數哀嚎面孔）
切片般
射入
黑色的記憶之門深處——

妳絕美的肩胛在那一刻
不可思議的蒼白
細瓷般
文裂···

· 第九日 ·

飄浮於三度空間的悲歌
不僅僅是來自世紀前的烙印· · ·

· 第十四日 ·

雪融時
逐漸清麗的溢滿
醉人哀愁
又徐徐凝成一張濃粧假面：

莎喲娜啦
再見

水面上的愛情

一切都結束時
水面上的愛情
比星光更接近虛無‧‧‧

世界靜止在影子的盡處。哭泣。
我來到明月照不到的湖畔
自覺頹廢。且不再想望什麼。

煙雲繚繞著往事。
美人的長髮卻已杳如林外歌聲。
不久，我看見了自已的前生
──在一個同樣宿命的日子
火燄與蓮花同時綻放
同時毀滅

是的，一切都結束了
一切──多麼像水面上的泡沫‧‧‧

即溶咖啡

比來不及加糖　微泡的
研磨咖啡
還要苦澀　苦澀　**苦澀**‧‧‧

──曾經激烈美麗近乎宿命的
一段情呵
打開箱底的記憶匣子
檢視：除了一撮無息無味的泡沫
還是泡沫

第二分合約

如果無花果不再綻放

淚一樣透明的冷光

如果散落的拼圖不再完整

如果憂鬱的空谷不再傳來回聲

如果天琴座女子不再收集

鍾愛的舞鞋　筆記　與巧克力

如果秋天的黑眼珠裡沒有人字形鳥影

如果我們等待的終點永遠在

霧中的下一站

如果久寐的妳再不醒來

深情、固執、卻日漸傷老的浮士德

——妳知道嗎

又將簽下

更悲慘的第二分合約‧‧‧

荒島箚記

0.

最多
我握住一支筆
記下這些
狂亂　唯美　零碎
像一部永不可能上映的
濕鹹人魚電影

1.

我今夜最冷最遠最戀最最後的
，愛人
布幔後面的伊底帕斯
那靈動的雙眸隨著極度情慾不時閃爍著
奇幻之光

「妳可知道自己狂戀什麼？」
「妳可知道自己屬於什麼？」
「妳可知道自己仇愛什麼？」
「妳可知道自己逃避什麼？」
「妳可知道自己手握什麼？」
「妳可知道‧‧‧哦　妳不知道‧‧‧妳不知
道！」

2.

面對著無邊無際無雨無船無影無望的濃烈蔚藍
麵包雲　弧形海岸　音符海鷗

靈魂
拒絕封箱

3.

風中飄來腐爛枯葉的氣息

吻著妳而妳吻著
影子

天上地下
唯一的一條
影子

4.

今夜，無人敲門。
無人用詩用e用冰冷的唇
安慰我底靈魂

無色馨香

美麗的事物總是殘缺的。
隨著褪色的風景鋪滿記憶門裡的
祕密小徑
妳是春末飄落的花蕊：
京華的青春一夢已遠
少時的輕狂也伴著昨夜窗外的流金煙火
化為溺於水上的倒影
　　——誰是傷心小店的守夜人？
　　——誰是城市森林中的無塵足跡？
　　——誰是半融的巧克力情人又有誰在等待
　　　午夜時分的清脆鐘聲？

無論時間能否倒轉
前度花下的預言是否應許
無論一顆心歷千百萬世劫後
彷彿古書中的隱者
植木　觀雲　聽泉　長吟
在紅塵的邊緣幽居坐息
　　——真有那麼一天
妳我於人間一隅不期相遇
嘴角輕揚
無論凝眸交錯的笑意多麼會心
總有一抹比風還輕的無色馨香
在夢迴深處
曲曲繚繞

後記：感於oo寫的一些詩如「**會心一笑**」──

　　如果時光能倒回／也許真有那麼一天／人群中與妳不期而遇／
　　跨越蒼桑與時空／也不過是輕揚嘴角／那淡淡的會心一笑

　　如「**錯失**」（妳是春末飄落的花蕊），「**隱居**」，「**黑與白之間**」，「**花香**」等，以及一封誠懇意切的email，別有所悟，因有此作。

夜歌

穿過寂冷的長廊尋找
清涼氣息的源頭

潔癖而憂傷的渴望
密室外，飄繞著
薰衣草底曠野

乾燥的白沙自黑藍星空下無垠的
漫開：一千個夜晚的冷情
沉沉的鎖骨蠕動
黑衣黑髮的心
包不住接近沸點的嬌軀

哦　荒蕪的天堂樂園
俗濫的愛欲幻影啊‧‧‧

夜深了
又一次，惱人的不只是粗重的鼻息

永遠的，永遠！

那是記憶中最美的一景
也是電光石火的剎那
引燃了幾世桃花，纏綿交錯的
流水傳說！

風會流動
淚會乾冷
容顏會老逝
不朽的詩篇會漸漸泛黃
入秋的枯葉會還原成大地一部分
天上地下
惟有祕藏在心室一角的妳喔
地下天上
超乎一切時空之外的
永遠！

卷三

旅人書

霧之夜——市民廣場

帶著微涼的憂傷穿過
初秋的夏卡爾之夜——
一串柔軟的音符
自廣場的彼端觸及
心田時：櫥窗、藍調、和曾經熟悉的華麗紅塵
都漸漸遠了‧‧‧

朦朧中
所有的影子都迷失在一圈圈漣漪中
白玫瑰不斷開謝
小精靈忽隱　忽現
虛無慢慢擴大成往事底一部分
而自己恍惚也在這個瞬間
宛如E小調的湖上天鵝
一路迷人的滑過無數光年
無數異次元的夢域傳說‧‧‧

——然而喇叭響了，迷霧逐漸散去
我底面前：徐徐出現了
許多車燈，許多冰冷　瘦長的魅影

後記：夏卡爾（1887-1985）是本世紀最令人著迷的畫家之一。他敏感而多幻想的猶太心靈，使他的作品每每飄浮著一層神祕詩意，隨著時代由戰亂趨向平靜，長壽的他也由動盪趨向深沉，而最終臻至幸福和諧的天人之境──

希望擁抱新世紀的我們，也能幸運的擁有一個和諧智慧的藍色寶瓶紀・・・

青春——在歐洲

黃昏
悄悄灑下金桔彩帶時
我和一群朋友開懷
觀賞：楓林大道上的迷人落日
——妳一人獨坐對桌
黑絨質的帽　一壺素雅的菊
更形添增了幾分嫵媚
而左側的森林公園多麼美啊
隔著一條灰色行人道
靜得又詩意　又畫意
一位邁向老年的婦人牽狗而去
三五花衫男女仍在笑鬧閒蕩
——也許一直會到午夜
這是他們的生活方式
哦　這是彩虹與搖滾的派對‧‧‧

妳淡淡笑了。
（藍紋紙巾輕輕掩唇）
隨著那麼韻緻的一轉——
剎那間，我相信自己醉了
醉了
如果沒有暈厥而一切都是真實的‧‧‧

——待一輛古式馬車的清脆鈴聲
煙一樣來去的飄散後

我稚氣的發覺：就在此刻
多麼神奇啊　就在自己的手掌心
徐徐美麗的綻放出一朵大紅花‧‧‧

冬之感懷

我流浪來此。
呵氣成霜的季節
冰封的小鎮
是蒼涼雪原上的黑色寂寞

我想我底心也同樣寂寞：
人在城市卻不斷底渴望出走！
就像荒野中的獸屬於這裡──
我每每思量：
自己的前生會不會即是狼？
「體內湧動著山林的血
而且同樣的嗜好孤獨」
那日不是有人如此的質疑你嗎？

那日
火車上的女孩
會不會也是狼族中的一個？
有著倔強臉線和褪色背包
當鳴鳴的笛號衝入長空
咆哮的火車也是一匹狼
激情快意的在茫茫野地裡發足嚎奔！

狼
或者鷹
貝多芬

或重金屬
總之絕不是都會中的鼠或輕爵士
反制後的生命體啊
風塵而強悍

溪流血脈般通過蒼白的腹地
順著濕濡的泥徑走入黃昏
腳下枯枝不時發出清脆斷裂聲
凌遲河谷。
──偶然驚起一隻寒鴉
灰色大地
壯得像電玩神話中的巨人！

嵐煙消失時
整個世界都寧靜了。
近乎自戀的
幸福的
呼吸著清涼無比的松木氣息
沐浴月光
默默感受沉浸似水的藍
逐漸剝離的典雅美
和靜到絕塵的原生狀態──
我底心宛如四弦琴的流動
（有一刻）
舉手抬足的每個動作

都和木紋窗外的天宇
冥
冥
契
合
。

雲的心情

雲的心情每每是
浪子的心情。
孤獨的你從一座城市消失
自另一處洞穴出現
千百個日夜隨風飄逝
──長空裡的一聲雁叫
總是
啊　悽厲得令人哀禱‧‧‧

迷走的生涯久了
你年輕的面容日漸凝重
幽靈背影墮落在記憶盡頭
悲傷的情歌漸漸沒人放送了
泛白斜紋褲卻和冬日的第一場雪那麼冷！
　　　信仰，以及崩潰
　　　飽滿，又頹然的空虛
──沒有了激情
──也徐徐冰冷的失去了夢中彩虹
叛離了社會本體以後
無邊大地剩下的，一如
森林裡的苦行者
從零開始的理念
莫非
也別無選擇的回歸茫茫宇宙？

在大塊玉米田間眺望
壯美濃烈的落日
（如慢動作的殉美儀式）
以及月昇，月沒
西西佛的輪迴和悲涼宿命啊
億萬年來
──當你瞬間覺醒
浪子的心情
每每是雲
渴望著撕裂而終於幻滅的
心情

第一場雪

昨夜城裡下了一場雪
（哦　今春的第一場雪）
夢從久寐的慵懶中緩緩甦醒
我自床楣邊緣意識到
某種抽離的苦澀・・・

虛無。

有一刻
我彷彿置身半蒸發的飄浮狀態：
非實體
不屬於這一次元
甚至
包裹我的毛髮肉身。
甚至妳。

虛無。

・・・也許所謂的「遇合」只得如此
桌上唱盤把屋內世界
帶回更遙遠的年代——
那時的我正乘著無軌電纜車
穿越一座座繽紛而孤寂的大都會
在流浪中尋找生命的本質
——黑色玻璃窗映出面容蒼白的妳

華麗的愛情就在一瞬間爆開！
年輕的靈魂
無視青春如何的剝落而沉醉在
啊　類似肥皂劇的
泡沫幸福裡‧‧‧

虛無。

唱盤逐漸緘默的把歲月
徐徐封閉為一圈淚水
綿密的哀愁
滿滿充溢了整個秋日
整個冬日

　　（人們──
　　　　為何總要等到失去後
　　　　才瞭解曾經擁有的可貴？）

凝視著落地長鏡
吞吐中
一顆冷卻的心
一度至高無上的
永恆法則
已自粉末般
碎去。　柔軟得

虛無。

・・・昨夜城裡下了一場雪
有人喧嘩。有人憔悴。
有人（想必就是你了）
懷想起消逝已久的一段往事
如何
咽咽的化為流動不已的
笛韻
在遠方湖上的殘葉間繚繞・・・

歲月就如此過去

窗雨漸漸浸濕了夜
那些破碎的水珠不再是
晶瑩美麗的化身
──儘管
有些事情還在進行
（你已知道：）
有些事情已無法挽回‧‧‧

當冷風自墨綠的山腳吹上
髮梢，七孔笛咽咽的流過
黃昏邊緣
所有的路燈都隨著心情轉換
而一點點迷亂
有一種傷痛
還在夏日的草原上打轉──
我便已預感了自身未來的命運！

無論流浪的日子充滿多少驚奇
因為妳：草莓腐爛在荒涼的野地
因為妳：落葉捲起淒美又虛幻的舞姿
季節不再運轉，藤草爬滿了腮幫
──閃電
像一道神諭的響起
（我突然瞭解：）
自己預感的其實是青春、愛情、

和夢底死亡！

一聲輕嘆
送走了今夜／也許是昨夜的
最後一班列車：

想到妳
想到妳我曾經共用的美好
想到我究竟不是妳的什麼人──

在嘆息
也許是微笑　浮起的剎那
連同這分笑意也成為往後的
附身咒語
穿過一座座陌生又寂寥的都會
帶領我們面對來日的一直走到
現在──

歲月
就如此過去

流浪之死

我流浪來此。
海報　網路　謠言　隨身聽
透過無所不在的各種纏身頻道
時時撞擊著感官‧‧‧

迷宮中的**e**世代
四處揮霍著青春　展示肚臍　交換
尖銳的情慾主張
──眼花撩亂的霓虹下
沒有星星，沒有鯨魚
沒有夢‧‧‧

愚騃　苦情的昨日已然死臭
冶豔的維納斯正從都市叢林的中心搖曳升起
睥睨　官能　且溺於華麗的快速節拍
──這是新新新新新新新新新新新新人類的
時代
午夜，遠方傳來的回音彷彿在幽幽述說：

「古典的流浪多麼淒美啊！」‧‧‧

天地無風

仍在城市的邊緣遊走。
素食　堅持孤獨　厭倦自已的身體
除了死亡
除了和死亡一樣強烈的無名落寞
滿天星光中
和妳憂傷的眼眸對凝
我又一次溺於黑壓壓的漩渦裡‧‧‧

我不知道自已站在哪裡？
我不知道心中的樂園在何處？
我不知道宇宙的永恆與我何干？
我不知道預言中的真愛何時降臨？
我不知道天長地久以後還有什麼？‧‧‧
我不知道我不知道我不知道我不知道！！‧‧‧

今夜
N次
任自已擱淺在冰冷的答錄機前
天地無風
唯一切都已席捲而去‧‧‧

後記：特別的節日，特別的無聊‧‧‧
　　世界一下子變得清冷，心情也低落的好怕
人‧‧‧

走在異國的街道上

走在異國的街道上
期待一場雙人舞
小提琴繚繞著咖啡香
方糖一樣溶化我的心

走在異國的街道上
玫瑰不斷自窗口的花壇飄落
金色的光　金色的舞
金色的小雨　輕輕
沾溼我的唇

走在異國的街道上
雙層的有軌電覽車
悠悠的穿過灰鴿子廣場
寧靜的石板街傳來前世的呼聲
河畔舊區的女算命師啊
有四分之一的吉蔔賽血統

走在異國的街道上
如果不能送出一束花
穿破一雙鞋
留下一首憂傷的歌
流浪，不是你的命運

走在異國的街道上
期待一場雙人舞
小提琴繚繞著咖啡香
方糖一樣溶化我的心

卷四

美麗是沒有名字的

女人

僅僅凝視著妳浴後潔淨芬芳的胴體　我
憶起了久米仙人　信仰了布雷克和波娃
的名言：人生是天堂與地獄的結合　而

女人是註定超道德的

註：據日本傳說，久米仙人某日曾在溪邊見洗衣婦
小腿，豐美白腴，一時心神搖曳不已，因而失去神通。

吉田兼好在其名著《徒然草》中（第八節）有
載，並讚美浣婦之白脛，「豐潤白腴，確與其他色澤
不同」。

兼好是逸隱詩僧，一顆心澄明、活淡、而不失
溫情，確是高人。

偶爾
——感官經驗

偶爾思維也會破繭而出
隨著落葉翻牆舞去
街角，黃色跑車慢速轉來
一股溫暖氣息，如新出爐的法國麵包
混合著淡淡薄荷香：兩排水銀燈
聲樂般亮起
一整條金木樨花的街景

有一刻整個城市都彷彿全面
凍結。
一隻黑鳥
一頭芬蘭犬
和一名白髮老婦
慢拍子的交相消失在
暗紅與深藍的櫥窗前——蟄伏已久的意識

漸漸悲愴的加速
流動　激盪：在這小小的繭中

美之復活

緣起於夏日黃昏沒落光影中
一朵燦然的笑──
妳啟示了美是一種不可預知
也無以抗拒的
幻‧惑

如果風鈴的音色是透明的
我底心
在那一刻同樣晶瑩
──擁擠的市集放慢了腳步
整個世界因妳而溫柔了

妳消失了。
──隨著每一次似曾相識的夕照
溫暖我容易迷惘的心
妳顯象
（如同彩虹在雨後的山谷復活）
證印：美有一套屬於自身的生存法則

午後

幾近出世的
觀注：陽光下的懸浮粒子
每每音符般
溢滿
輕盈的　喜悅的
春之氣息

穿過透明的大氣邊緣
我沉溺
啊　沉溺於時間流動的快感中

——如雲在天之外
夢在夜之外而綠色的童年
（你知道麼？）
在歲月的六扇窗口
一開一闔之外

如果寂寞

如果寂寞
像一首老歌
暗香般繚繞於體內
若干語意
因為模糊而不再刺人——
起伏的音符
忽明　忽晦的　流轉中
帶著幾許捉狹
卻也纏綿

如果寂寞
像夢裡的小精靈
伸展著銀色雙翼
翩然仰俯於淡雲之間
與萬物共浴一輪光華
——夜變得綺麗而不詭異
剛撩起你生命中最隱密的過往
卻又謐靜
如無聲滑過的琴弦

如果寂寞
像一堵透明的牆
滿室喧嘩中獨有一個遺世的
　　　我
忽爾出入大化

忽爾自得於冥想空間
隨著情緒放送　感受
小小人間的悲喜
──直到窗外紅塵
徐徐沉澱出一方逐漸澄明的
琥珀

如果寂寞‧‧‧

雨後秋日

雨後的秋日
玻璃窗上的雨珠靜靜閃爍著美。

很長一段時間
我彷彿因癡而醉了‧‧‧
而寂寞是無人接聽的鈴聲
來自昔日
模糊，如羌笛歲月；
有一刻
我怎麼也不相信
無人接聽的鈴聲怎會如此幽怨
又如此疲倦‧‧‧

有一刻
我幾乎不知自己置身何處？
不知流動於窗外的林風
是古典的絕句？還是揚仰格的五音步？

沉默中
樓下一再的傳來人聲、車聲、電話鈴聲
一句喟然
和一排同時亮起的銀色路燈
徐徐擴大的
攪拌著
低沸的感官世界‧‧‧

沉默中
我漸漸意識到使旅人結束流浪的
正是這種色調的韻律‧‧‧

──雖然一切都發生在雨後，詩意的
秋日，青春
即將消失的邊緣
而玻璃窗上的雨珠
靜靜
閃爍著美。

人間最大的無奈‧‧‧‧

大氣飽含著生命最初的因數
一點靈犀
緣成愛慾歌哭的血肉
一點盲然
使我長年漂浮在深藍的玻璃瓶子裡！
——不能跟著候鳥遷移
——不得呼吸露珠的清涼
陽光封進了罐中
生活凝成無數計的小灰塵
隨著乾巴巴的咒語稀釋夢想
一雙無言眼眸
天上地下
偶然遇到來自遠古的另一雙——
一念電閃
在蒸發成人魚泡泡的瞬間
我瞭解什麼是命運
什麼是亙古相思，什麼是
無常人間的最大無奈‧‧‧

思惘是必然而美麗是沒有盡頭的

沒有結局的往往也最令人思惘。

雲與水　男與女　等待與懸疑
窗前的光穿過飄浮的咖啡香
漫長紅塵中的相遇
隨著多少的經意或不經意，每每
連緊密的錯肩都無法感受彼此的體溫···
一顆孤獨　愛夢想　渴望撕裂的心哦
又有誰能瞭解
啊　又有誰會在乎呢

秋近了
——儘管
街頭落葉的舞姿如此優美而
令人悵然的幻滅　每一次
都預示了可能出現的美麗···

後記：此詩源自我在網上詩友喜菡的「有情世界」（網路上最好、最用心經營的詩歌網站之一）貼「**錯過的秋天**」，喜菡閱後有感留言——

楊平啊

先向您問聲好／正思念著您呢／好美的相遇／也令人悵然／但／或許／沒有結局的往往也是最美麗的／不是嗎／在紅塵中／每一個相遇／都該有幻滅的準備／尤其／當兩人皆不經意時／連錯肩都無法體會到體溫／所以／向後看／不如向前看／美麗的相遇／可能在下一次的錯肩之後呢

20：5510／13／98

而我在感動之餘，回函並成此詩——

喜菡：

妳說的好／我很感動！／為此／我摘取妳的文字加上自己的一些感受寫成此詩

10：2110／14／98

美麗是沒有名字的

那些紫色小花

青色小草

那些水滑的鵝卵石

那些褪色往事

那些風中的絮語　笑靨　交相激盪的音符

那些從高空飄來的清涼氣息

那些秋日晨光

那些流動的線條與半透明身影

那些雲

那些夢

那些吻

那些情侶

那些弧形海灘

那些流浪的吉蔔賽

那些爬滿常春藤的城堡

那些在月光下閃爍的傳說

那些名字　密碼　圖騰　許諾　令人窒息的未知

和已逝的點點滴滴──

哦　美麗是沒有名字的

我懷念

我懷念充滿鳥唱、笑語、飄著白雲和
細雨的童年——
每一道晨光都宛如來自永恆的一首歌

我懷念那些成長的歲月
發現和夢想的翅膀每每在驚喜中
上昇為火焰之舞

我懷念那些閱讀和沉思的午後
圖書館的角落和城外的綠草地
統統是宇宙拼圖的一部分

我懷念蹺課和自我放逐的十七歲
如果頹廢不是必要的
寂寞和寂寞子夜的月光一樣美

我懷念戀愛和生病的日子
初吻是草莓滋味的而38.5℃的囈語
像詩那樣的不可捉摸、又令人興奮

我懷念父親的一生和死亡
沒有什麼是不會褪色的
褪色的美麗只有褪色後才能感受

我懷念面對第一首詩時的感動、困惑、特別是
流過面頰的那道清涼

我懷念所有的流浪、所有的
迷惘、抉擇、和動機
——也許來自命運　也許來自無聊
和抗拒無聊的一時衝動

我懷念高山上的星子、無名谷中的長嘯
我懷念生命中所有的瞬間
一如在某些交會的隙縫
茫然於存在的存在　以及存在的虛幻

我懷念那些容易被遺忘的事物
像波赫士懷念一面鏡子，我懷念
鏡子內的殘影
鏡子外的風月

　　註：阿根廷作家／詩人波赫士（1899-1986），
大陸譯為博爾赫斯，是南美風靡世界的「魔幻寫
實」的先驅。有「作家中的作家」美譽。鏡子是他所
喜歡用的一個意符。

卷五

在一個人的深夜裡

夜行偶記

傾聽中
窸窣之歌
不著一絲煙火的穿過
藍色湖心，流入
宇宙深處

年輕的精靈啊
每每惑於圖像世界的華麗
心醉神迷之際
卻又過於脆弱的
被黎明之光粉碎──
哦　青春無罪

曾經燦爛的
已化為午夜的一道閃電
曾經浪漫的
卻是一場日逐褪色的夢
使貼近的肢體也無法取暖
對抗歲月

猶若風
預言了一個時代的來臨
怯生生的水中殘柯啊
就如此支起
哦　支起了一整季底憂傷˙˙˙

星
夜
小
記
──中臺灣

星星越過天頂時
我聽見了精靈的呼喚

去吧去吧
驛動的時刻一到
最寧靜的心也不免奮亢得想要撕裂什麼！釋放
什麼！

──且瀟灑的拋開影子
讓自己隨著窗外紅葉一起旋轉！一起飛翔！
從高處擁抱寂寞‧‧‧

我掬起一片月華
往事，音符般
繽紛的由指隙漏下‧‧‧
無盡的藍閃爍著精魄一樣的光‧‧‧
我想起愛人瞬間飽漲的熱體‧‧‧
幸福啊
當眼前開滿花朵，肉身化為浮雲
又甜又酸的氣息輕輕流動
我闔目躺在時間的大海上‧‧‧

而南方，那片遙遠　熟悉的豐饒之鄉啊
此刻，是否正在落雨？

秋林中的幽光
——給夏卡爾之 2

今夜，秋林中的幽光
使我想起正在消失的愛情‧‧‧

甜蜜，和不甜蜜的往事都一起破碎了‧‧‧
妳和我，星星和所有的許諾
都被蟬鳴一樣悽厲的咒語囚禁在電子迷宮
裡‧‧‧
（有人相信這就是現代人的命運了：）
繚繞的嵐煙漠漠散去，消失的不僅是
窗外風景：還有兒時的夢，荷塘的歌，床邊的
小精靈
和日益蒼白的青春‧‧‧
此刻，生命中只有此時此刻擁在指尖的妳
透過半麻痺的激情
惟一真實的快樂啊
——因為就要黎明了
公主怯怯還原為上班族的灰姑娘
古老的神話和虛擬的情慾統統在按鑑下
冰冷的顯像成物化都會的一部分——
而秋林中的幽光
（妳知道嗎：）
一閃而逝後
剩下的，日裡夜裡
夢魘般的寂寞
使我瞭解什麼是後現代的遊戲‧‧‧

補記：夏卡爾是我最喜歡的二十世紀畫家之一，其充滿幻想的抒情畫風，在感動之餘，每每讓我聯想起史蒂文斯的若干詩‧‧‧當然，兩者真正的交集並不算多。

　　年前，臺灣曾辦過轟動一時的夏卡爾畫展，不久前，在八月讀詩會後，曾在一家餐廳小酌，意外發現主人收集有若干畫家的剪報本，其中便有夏卡爾！如今重閱，覺得此詩和另一首均很貼近他筆下的某些畫風，心中歡喜，略為修改，加上副題，就算是我遙贈給這位心儀多年的前輩畫家的吧！

1998.9.30

非協奏的小夜曲

夢裡的種子被秋日的雁鳥啣到到了
我記憶模糊的南方草原啊
曾經多雨，且只印著一條瘦長足跡
彷彿舊日留下的傷痕
在子夜，一次冰涼的愛拂後
我看到窗外，帶狀河面上的銀色倒影
伴著半透明的笛韻
緩緩流過青春
和一百座陌生城市的上空‧‧‧

有人告訴你這就是鄉愁了：
路的盡頭每每是河是崖是抽搐的子宮張開網
咬嚙的
期待
另一次的狂歡與沉淪！
孤獨（有別）於漂泊亦不過如此‧‧‧

今夜，穿過無人的峽谷邁入
記憶的起點，命運
被風化成眼角粒子前
的確，有什麼已然淨化了：
就在無可取代的此刻
青色新月昇到最高最密的那叢枝椏時
我清清楚楚聽到
群山的寧靜裡

獨有一首無憂無喜的亙古之歌
在寶藍的大氣中流動
又流動

夜已冷了

夜已冷了
只有妳一束束的詩句
尖銳的磨擦我底靈魂！
我疲倦的靈魂啊
曾因多傷結疤而堅硬緊閉
洶湧的海洋已枯　荒涼的大地
藏不住一滴淚水
那些蒼涼的句子
每一字都像法老王的魔咒
揉搓著我日益蒼白底記憶
那些刺人的音符
像一把半鏽的水果刀焦灼的劃過
空虛　多脂　腰部以下的
青春
——無論世界有沒有因此沉淪
熄滅
落地鏡中
總有一條僵硬影子
帶著熟悉的　破碎的　餿酒一樣的笑容
望向窗外

舔食
比死亡還深的夜色

在靜謐中聆聽夜底聲音

今宵又是雨後的春夜。
庭前花木鬱鬱染濕了窗痕
偶然映出一抹淡綠月影
原是宇宙心中的的一點孤寂

獨立於世人遺忘的都會一角
在靜謐中聆聽夜底聲音
淡香的茉莉悄悄傳述著紅塵的哀愁
極度蒼涼下的一抹溫柔啊
彷彿在深情的耳語：
　　　讓過去的過去　消散的消散
　　　不必為昨日哭泣
　　　也不必在意窗外的路燈是否為我　點亮‧‧‧

隨手摘下一片樹葉
拋向記憶的邊緣
遠處
彷彿有人在彈琴

後記：「今宵又是清朗的春夜～～庭前花影分明印上窗來／天外月明千里～～落光如水～～四野靜寂／而遠處彷彿有人在彈琴──」摘自1998.4.21.網上詩友咪咪寫給姍雲的詩「**永別了，初戀**」的回應。

第一次看到這樣的句子，便喜歡的不得了！便告訴自己，一定要為此寫首詩‧‧‧

當然，我非子建，這並非說寫就能寫的，延宕多日，感受日深，先把「遠處彷彿有人在彈琴」一句寫入「**在一幅長卷的山水畫軸裡──有贈**」中，後來又發現咪咪寫有「**不必為昨日哭泣／不必在乎窗外的燈是否為我而點／飄來的茶香是否為我而沏‧‧‧**」之句，也很感動！今天，看了OO的「異國風情」，也令我非常喜歡！想當是機緣成熟，連同其中「隨手摘下一片樹葉」之句，加上自己的感覺，心境，和經驗，寫成此詩，雖然意猶未盡，也算了卻心事一樁。

寫於春雨之夜

非關邂逅

別再追究了，是的

非關愛情
非關遊戲
非關命運中的任何邂逅
再古老的故事
也不免隨著細沙流過指隙
化成月光下的懸浮粒子‧‧‧

在這個荒謬／缺氧／半頹廢的迷走之夜
在一切夢想都冷然泡滅之後
無論歌　還飄不飄響
昔日的應許　顯得多麼虛幻
多慾的都會怪獸　是不是已吞噬了整個人類
──
天上地下
仍有一個堅持浪漫的孤獨靈魂
對著牆外的黑藍夜空
充‧滿‧遐‧想‧‧‧

後記：此詩有感於網上詩友玲子的作品——

知道故事與想聽故事的人　別再追究了　只是一個玩笑的愛情　和一個追逐金錢的遊戲　今天身著紫藍　是今天的邂逅　明天換上白色　遺忘的心情　所以就別說　沙堡死守著　一年後的缺角　填上的　還是沙粒　還未融失　如此——　曾風化的故事　就別再追究了　別說　而未完的故事　等得著結局

在這個寂寞無風的夜晚

在這個寂寞無風的夜晚
背袋　路燈　半頹廢的口哨
攪拌著琴鍵般
紛然起落的往事
哦　憂鬱原是可以很華麗的‥‥

在這個寂寞無風的夜晚
一個人迷走於鬧區邊緣
街頭花影分明印上身來
──想到有人正在天涯漫步
──想到一首歌
不只是一首歌
──想到妳
想到妳是這座陌生都會裡的一盞燈
而我只是路過的風
偶然把落葉貼成月光下的紋記
印在壁角
快樂和不快樂
一樣的蒼涼短暫

在這個寂寞無風的夜晚
淺紫色的憂鬱
加上一點靈思
一握金桔檸檬
可以令沸騰的情緒慢慢沉澱

斑駁的創傷於靜默中慢慢地止痛
千百幻象徐徐溶解
一度遺忘的聲音
隨著枝頭漏下的束束隙光悄然響起：
什麼是愛　什麼是永恆
自逐後的大地無論多麼空濛
荷葉上的露珠都會在日出前醒來‧‧‧

在殘影　在輕嘆
在這個寂寞無風的夜晚
落下第一撮銀雨以前
憂鬱　是可以很高蹈的‧‧‧

在一個人的深夜裡

把孤獨交給上帝，把壁燈下的煙影
留給自己
讓生命活在當下
感覺來自最古老的感覺‧‧‧

在一個人的深夜裡
寂寞和喧嚷的世界都一樣空虛
寂寞和喧嚷都需要
一點浪漫的調味
——想像冒險沖泡出的濃香
——想像微酸的街風在耳邊歡唱
——想像錯肩下的唇息如何攪動
荒蕪的心田
如何滑過——碰觸——彼此焦渴的肢體
——想像平凡的夜晚如何發出光
爆裂出無法想像的煙花　吶喊　和淚水‧‧‧

在失落與沉溺之間
如果上帝不曾禁止什麼
在閃電與虛無之間
如果生命必須拾取什麼
在一個人的深夜裡
一隻握筆的手能選擇什麼？
一顆孤寂的心靈能選擇什麼？
我能選擇什麼？

——面對即將揭曉的天光
除了一雙蒼茫的黑眼圈
你又能選擇什麼？

在一個人的深夜裡之4——我因追求美而‧‧‧

在一個人的深夜裡
穿過黑冷的長街
大地盡處傳來了神祕回聲
我彷彿回到遙遠的前世
用整個靈魂尋找一雙憂傷的眼眸

在一個人的深夜裡
所有的浪子都只唱一首歌
所有的寂寞都沒有名字
所有的夢都只是一個夢

在一個人的深夜裡
影子是空靈的
足音是輕脆的
失落的往事伴著
香水百合的芬芳
在月下散放出姣潔的清輝
哦　大地曾經如此光華
我滄桑的面容
也曾如此年輕

在一個人的深夜裡
在青色的圓月幽幽昇起以前
捎一片特別紅的楓葉
給一個特別遠的朋友

為一個特別惡的朋友
珍藏一封特別厚的信

在一個人的深夜裡
內心的聲音化為流動的音符
隨著風　隨著感覺
隨著沙漏的悄然流失
遮蔽星空的
不再是熟悉的灰雲
一顆孤獨的心
不會永遠孤獨

卷六

夜之浮水印

夜之浮水印

1.

無人廣場上的
一條影子
看著另一條影子
輕悄
落寞的消失在
乾涸的許願池前

2.

我一直在聽
風如何憂傷的磨擦牆柱
池畔蟾蜍沉默的跳躍
牆外情人低柔而愉悅的對答
──有一刻
天地似乎又回到了六〇年代···

3.

花雨不斷的落在眼前。
雲影
自瀆的手
街燈晦昧的穿過皎潔　巨大的虛空——

哦　何等綺麗的
眾生共業之夜啊

4.

一如長髮的先知在荒漠中日夜等待雨水
「無常的風
穿透了生命的苦樂得失」

伴著快被世人遺忘的一句古老格言
在這顆頹廢　華麗的星球上
我知道有什麼即將降臨

5.

和另一顆晶瑩的心靈
雙雙分享高腳杯下
夜之寧靜——

整座城市隨著溫柔的鐘聲響起
一半的街道都飄滿了深紅葡萄酒香

和，比3／4盎斯更濃鬱的　寂寞

6.

在漸漸模糊的遠方
又一滴露水
滑落在期待受孕的花心

哦　我的上帝　我的上帝
一如在寂冷的長夜守候晨曦
這個世界需要一個吻

7.

把兩萬尺雲空上的那種藍
傳給遠地
不知名姓的你
或妳

哦　一顆孤獨的心
不會永遠孤獨‧‧‧

8.

一個浪跡異域的旅人
一肩幽香的淡金長髮
一段破碎的拼圖往事
伴著
一座陌生城市底玫瑰色憂鬱——

世界曾經如此美麗

第六部

《内在的天空》

卷一

淚水中有鹽

兄弟

其實，我們都是造物者的
血中之血——蒼天下
一幢古老家宅裡的後裔

無論距離多遠、化身多少、使用什麼語言
掀開了膚色的衣巾，我們流著
同樣元素的血‧‧‧

早於夢、早於洞窟外的雲，早於
古代土墩裡的第一道狼煙
我們的歷程是一首傷痛的流浪者之歌
隨著時間的長河咽咽流轉
——到了今日
誰還知道根源來自何方？
誰還認識真理蒙塵前的面目？
誰還在意隔牆傳來的切切哀號？
一顆失血的頭顱
伴著密室般的寂寞
隨著每一次的沉淪
烙上
該隱的印記！

追求，也漂泊了一世後
唯有人類中的先知又一次
走入城市中心、黑暗的中心、飢餓

與罪惡的中心、異教徒與大沙漠的中心
一遍遍親吻泥土、污水
親吻廣場上每一張陌生面孔
　　　　每一雙迷惘眼眸
　　　　每一卷滴血的經文
和你！
——是的：
儘管太多的苦難、幻象、慾望、和誘惑使你遺
忘了
曾經美好的天界歲月
攜手乘風的清明和大自在——
其實，我們現在是、過去是
也一直是同氣同枝同源同命的

兄
弟

沉默

一切俗慮
一切過往
一切語言都在此透明成微塵般
輕盈的自由落體——
以耳中之耳諦聽天地之音
我們感應，無處不是般若
我們浸浴，我們悸動
而淚水中有鹽

時間
在光與膚隙間流繞
最晦昧的奧義也只如星子的運行
摩擦的是焦慮　是水聲　是風化前
我們這一群，汲汲營營
白領階級肩上的累世業障

直到剝落的，剝落
舒暢的，舒暢
輕輕拈去影子上的污垢
向世界伸出手
——有什麼從場域的彼端傳過來
而微笑如
清風中的一朵金色睡蓮

綻放

希望
2

我希望動亂的世界早日得到寧靜
我希望迷途的羔羊都能返回家園
我希望一場大雨把人間的汙穢統統洗淨
我希望有風皆歌　有樹皆綠　有念皆善
我希望人人都能點亮心中的燈
我希望更多的光　更多的愛　更多的夢想
我希望最後一粒仇恨的種子
在今夜，在最後一句鐘聲響起
最後一道閃電劃過後
永遠，永遠的消失‧‧‧

我希望，因為我相信
每一滴淚水中都有鹽

知道——獻給一切等待救贖的人子

當頭頂的陽光穿過重重陰霾
我知道
無論撒旦的咒語多麼頑強
以默禱和淚水串成的擁抱
必能破解子夜零時的魔法！
我知道
只要有一個人子止足
合掌禮讚
千百萬的罪人　百十億的生靈
都能得到這分恩寵
洗滌身上的業障‧‧‧

——只要透過一根手指
我知道
半腐的地球便會發出瓔珞之光
綻放蓮花的清香
吸引更多的天使舞蹈　更多在宇宙迷航的心靈
彷彿一滴醍醐淨化了茫茫大海
所有的慈悲　所有的救贖　所有的大能
上下四方一切一切的應許——
我知道的：
一半　來自三十三天外的關懷
一半　來自你我　瞬間的
一念

沒有一個生命真正死過——有贈

二十世前的你是一朵雲。
一株樹。
無數平凡人子中的一個。

證道以後
仍是芸芸眾生的一部分：
觀照著天地、悲歡、你我
以及過往
以及，恆河岸邊的每一粒沙

沒有一個生命真正死過。
萎謝的花，絕跡的獸
消失在地平線上的光
從蛹到蝶
有形的是軀體，剝落的是往事
輪轉的是一首永恆的慈悲之歌！
我見山、進山、出山
留下的足跡每一步都更接近空明！
無論地球以怎樣的方式風化——
毀滅——
沒有末日。

工作。
信仰。
生息。

直到停止呼吸──
我輕輕放下背包
合十一禮
開始另一段歷程

後記：此詩寫於1994冬，主要靈感得自詩友白家華兄；他家居桃園，一向拒絕紅塵喧囂，我們相識多年，他始終如一的過著簡單生活，是一位質樸、真誠的優秀詩人，至今仍為我所敬佩！

那年稍早，有緣登門拜訪，一席清談，從詩到人生乃至宇宙奧祕，他都有自己的看法，而此詩之靈感包括「沒有一個生命真正死過」一語，都出自家華口中！可見其心中自有高人一等的感悟！

午後時光雖短，卻相談甚歡，返回不久，便有此詩之作，後來發表，一時輕忽，未曾言明此點，今日再閱，雖已時隔多年，那日談笑光景，歷歷在目，思之溫馨，而詩人久已未遇，益覺珍貴！

希望 3

我希望忙碌的世人能夠放下
肩上的擔子
擁抱自性、家園、鄰居，和土地的
本然之美

我希望失落的大洲再次浮現
沉澱的沉澱，綻放的綻放
我希望人人都能打開封閉的心窗
和路人揮手　和鳥雀合唱
從迷亂的星空發現亙古的寧靜與秩序
我希望我所彰顯的正是這種智慧──
我希望，因為我相信：
這一切、一切的期待都來自
你、我、和每一顆發願的心、加持的力、
無畏的行動中

讓　讓陽光消解生命的每一道夢魘
　　讓最深的傷痕也隨著春天的來到而解凍
　　讓暗戀的種子開出花
　　讓大街的每個角落都有一盞燈
　　讓身上浴滿清香的花雨
　　讓沉默像濃得化不開的酒
　　讓平凡的我珍惜今世的平凡
　　讓生命留下的只是一首歌

撒
維
希
，
這
一
刻
我
們
都
在
天
堂
裡

1.

撒維希，當閃電穿過渾沌的夢域
一粒種子悄悄鑽出土地
松鼠跳過枝頭　露珠佈滿藍空
我們必然看見了神
祂一直在那裡
無始無終
無喜無憂
也不遠不近

2.

撒維希，讓我們靜靜地感受
一滴水
如何融入大海
1如何成為0
又化為無限的1

無論高空的雁鳥如何掠過
缺氧的水泥叢林
消失，原為存在的一部分

3.

撒維希，和風中的秋葉一起飄舞吧
愛與被愛　冥想和嬉戲一樣重要
我們必會在流轉的瞬間
覺知
美只有一種
通往真理的道路卻有無數條：

是的　天地如歌
處處充滿了莫可名狀的喜悅···

4.

撒維希，因為頭腦就是地獄
渴望石頭發聲就是地獄
孤獨，有時也是
有時不

當我們全然的面對自己
讓沉默的心品嚐出
原野百合底芬芳
撒維希，這一刻我們都在天堂裡

後記：撒維希是奧修的門徒，在探索版智慧的書P88-92裡，她曾向奧修表達她的感謝與苦惱，她表示她將拋棄頭腦與方法，同時又害怕被遣回地獄，而無限慈悲的師父則告訴她，只要能放下頭腦知識與方法，沒有人能送誰下地獄。地獄，出自想像，從來不曾存在！！

　　只要能明悟到這一點，奧修溫柔的說：撒維希，這一刻我們都在天堂裡。

1.萬物各安其位而涓涓溪水

一路出山的成就一顆顆
冷寂之石

或一時激越的陷進琉璃紅塵
團團於冰鎮雞尾酒杯中
沉浮搖曳

當閃電劃開記憶，終有一日
貧瘠的心再度感覺寂寞
天地之音沛然昇起
隨著入眼的聲光慢慢模糊　時序消隱
悄悄回歸成山海雲煙間的一隻
無名璞玉

2.

天地自轉
草木自腐
千百萬度的水滴穿洞後
雲來雲往的過客啊
不解太初以來的喜悅
不問泉自何時冷起

不明四季的流轉　草木的發凡
但求石頭發聲

3.

讓石頭發聲於初春
讓石頭發聲於末日的前夜
讓石頭發聲於冰冷深藍的海底
讓石頭發聲於兩顆寂寞靈魂的一次摩擦
讓石頭發聲於哈欠與哈欠與假笑之間
讓石頭發聲於十字路口
讓石頭發聲於三牲祭拜之後
閃電　獅吼　紅綠燈
——無論源自哪裡
讓石頭發聲吧

4.

當天使斷翼
細長的臍帶離開母體
密室裡的靈魂不再有夢
當生活只是欲望　歲月
僵硬為一連串的程式

當日益喧嚷的都會需要更多的活氧　律法　或
聖徒──
天地沉默而
萬物
自然生長

　　後記：此詩有感於詩友茶觀兄的「西風的話」，
詩好而意深，也許是我理解有誤，想到現代人，特別
是年輕一代，每每不甘寂寞的修習石頭發聲之道，
響往五光十色的人間聲色，以致一身創傷的懊惱半
世‧‧‧其實，無論為玉為石，有聲無聲，若要聽聞
那一世最溫柔的聲息，唯有靜心而已。
　　原詩如後──

　　我渴望／修習石頭髮聲之道／遂投入冰鎮的玻璃
鏡面／顯露貧瘠且零散／如霧薄稀／若水無涉／唯唯
波痕未歇，雖冷寂，也不曾自棄於凝成雲朵／飄然自
陽光背面掩來／落下妳膝前的白花瓣瓣／於是，妳終
將聞聽／這一世最溫柔的聲息。

到處都在呼喚著媽媽

高山的孩子在谷裡
草原的孩子在馬背上
紅膚的孩子在法庭外
飢餓的孩子在貧民窟
孤獨的孩子在月下
上帝的孩子在教堂
海豚的孩子在水族館
媽媽　　媽媽
到處都在呼喚著媽媽‧‧‧

當第一把弓穿過飛翔的鳥背
厚重的腳印撼動著山林
激厲的火車輾過了處女林
那些陌生的臉
那些貪婪的眼珠
那些蠕動的欲望
那些巨大的怪手
那些槍聲
那些戰火
那些歷史檔
那些縱橫交錯的銅磅紙地圖
那些貧民窟
那些熱帶瘟疫區
那些缺奶的小婦人
那些螢光幕上的無聲號叫

我的孩子在哪裡
我的孩子在哪裡

經過了五千年的追尋
經過了五千年的文明薰陶
媽媽　媽媽
到處都在呼喚著媽媽‧‧‧

土地沒有名字

原初的心是透明的
原初的愛沒有理由

一如原初的美麗沒有名字
萬載前的海洋　天空　星子
高空下的萬物和土地
沒有名字

卷二

玉生煙

念珠

輪迴中
三百六十五天就如此的過去

水滴穿洞
語言漸漸變成符咒
光凝為指令而夢
又一次具象的
串接起夜晚和黎明

串接起前生與來世
夢　一個接一個的　幻滅
光碎成灰燼而咒語
徐徐模糊的鈣化──
水滴穿洞

輪迴中
三百六十五天就如此過去

涅槃

巨大的寂靜使疲憊的心
安寧——我底肉體
不再悸動或者感受
所有物質元素的蠱惑
有一刻
所有的生滅都顯得：虛幻

我相信地球仍在輪轉
無論大海多麼平靜
黑潮都在暗自湧動——
我看見魚群穿梭珊瑚礁猶若
生命出入另一次元
那種近乎快悅的自如啊
有一刻
使夢　　美妙，靈界　　無比貼近

如意

近乎綠的純淨。
玉一樣
暖暖的笑意
水紋般
自四肢百骸的頂端
　　擴
　　散
以致沉澱了一切該沉澱的‧‧‧

禱辭配合著儀式
微笑以及徵兆
（出入時空）
所向披靡的一種恩寵啊
一朝揭開了語意學之紗──

其實，我不過是很容易滿足罷了

陰
陽

先於閃電的是一顆
渾沌的心──
孕。
而後東方有光破空直下
分天人之如日與月
清與濁，雄與
雌‧‧‧

無限類似的排比不過是
史前的二元論：
唯心也罷，唯物也罷──
今夜，精誠執守的修道人
幾經撞擊的乃悟達所謂的色相

所謂的出世，所謂的
入世與隔世云云

玉生煙

一個午後就這麼過去了
近乎透明的，彷彿
人底一生也不過如此‧‧‧
人‧底‧一‧生‧
究竟能追求什麼呢？
或者，留下幾片足跡？
——比夢　比雲還淡的足跡‧‧‧

凝眸中有太多的語意
在凝眸中交流而後迸放
（啊：剎那在此等於永恆——
輝煌如永恆，平淡如永恆，虛幻如永恆）

青絲，白髮、美人、還有相關及無關的——
想著。歎息著：
一個午後就這麼過去了‧‧‧

無門關──向晚時分

超乎語意；
流轉於透明的藍之上
若有意
無意
的一分瀟灑：
想必就是天地心了

沉默中
人聲　樹影　情愁
——暗去
因寂寞而憔悴的
此刻
因自在而光華

有所悟
——在湖畔

風一樣
拂過
千百縱橫的
紋理
悄然中
轉換了凝定前的
心緒

泡沫
沉浮著。

釣者
幾乎忘情的
有所執——

然而一切終隨著雲來
雲往
自在的有若
不曾存在。

覺。

緣

忽爾來去
幾近透明
且非預設性的
一次觸及——
哦　我們知道那是什麼

道是源自前生的
卻每每留下
一圈圈逐漸暈開的
迷離

及至連最珍惜的那一頁
也慢慢淡去。
風化。
風化成夢中忽隱忽現的幻象：
呃　我們知道那是什麼

卷三

淨心箚記

在樹下——淨心箚記 1

紛擾的紅塵
徐徐沉澱於一顆心底凝定。

不久，肢體成為樹的一部分。

木葉沙沙的摩擦空氣而後穿透了
陽光　草地　我

浸浴中
儀式化成了慶典
萬物愉悅的與天籟契合

傾聽
──
淨心箚記
2

靜靜地感受每一次呼吸。每一吋空間。

小小的房間越來越亮。

螞蟻般
焦灼　遊移的意識
依序隱去

破碎的回音逐漸澄明。

靜靜地，等待一個聲音降臨
如同與神遇合。

消失
──淨心箚記
3

拋棄了堆積的灰色拼圖
我縮小成元素中的一個
拋棄了一切感官
我成為透明的存在。

──在某日某地的某一當下
有什麼消失了
而世界仍在運轉
無憂慮的微塵仍在空中曼舞

靈視

——

淨心箚記

4

無聲的睇視
內在天空

時間溶解於交錯的風景前。

一面鏡子發出柔和的光。

遺忘，被遺忘了

有一刻，處於真空狀態的你
訝然觀望著宇宙舒展
美如一朵蓮花的綻放

靜坐——淨心箚記 5

不久，耳中的喧聲逐漸遠去
細微的坐息
逐漸綿長
默然垂眉中
有什麼正悄悄　脫落‧‧‧

有什麼正自隱密的角落
昇起：
懸浮的粒子紛然似雪
偶爾拈花般
一閃
清涼滿身。

大地
回到了史前的
寧靜

光
徐徐淡去

萬千思維之羽
隨著能量的昇華紛紛化為
下一季的塵泥

──不再閃爍，不再漂泊，不再夢

凝定中
世界充滿了　光華的想像力

静心──淨心箚記

7

時間消失於靜心的
剎那：世界停止了
覺知的心是唯一的而存在即是
永恆

全然的
隨著自性流動──感覺──
品嚐：在當下綻放的花
有神性的芬芳

美麗沒有盡頭——淨心箚記 8

微笑　輕顫　徘徊
我們隨著雲的流動
在淡藍的陳影中感受
一片片拂面紅葉的迷惘與哀愁

——無論花開花謝
今生只有一次
因為一分貼心的光合作用
美麗沒有盡頭

卷四

有風吹過

有風吹過

凍結毛細孔的寂靜——
褪色海報一樣
物化於
二次元空間。

記憶凝固。
線條與光凝固。

一聲鳥叫
劃過真空狀態的此刻——
世界淡出而
雕像般的我
緩緩地
流動15℃意識
彷彿

有風吹過

病中有悟

一顆騷動的心漸漸凝定成
黑硬的蟬殼時
我又一次發覺自己／存在
虛無

曾經美麗的，已在記憶中蛻色
曾經迷惘的，卻不知為了什麼？
──面對自己
像高空的天使
觀望
蟻螻般的路人

輕輕地
隨著窗影推移
有什麼正在沉澱──

空　明

晚課

輕輕的拂去一肩塵慮
在黃昏的湖畔聆聽
千年前的清音——
澄明的是一顆　風樣　自在的心

而有什麼正在滑落。
滿山濃綠中
一叢金橙靜靜燃燒著
非人間的美
彷彿禮佛的舞者；
而有什麼正在昇起。

隱隱的
我知道有什麼是留不住的：
像唇角的笑意　逐水而去的黃花
在漸漸稀薄的光影裡
每每
透明得不著痕跡

流動的水

水在體內流動。
水在房簷下流動。
水在土地與大氣間流動。
像生與死，黑夜與白晝
不斷的交互閃爍
萬物在水中滋生。

水流過宇宙，開出一朵朵美麗大花
水流過陰陽，時間在此靜止
過去和未來在此靜止；
永恆的詛咒在一瞬間消失
如同回憶上昇為泡沫。

流動的水洗滌了一切幻影
流動的水穿逡在空有之間
流動的水使衰竭的面容徐徐發出光──
淨化，原是救贖的前身

水在慈悲中流動
水在人心中流動
水在無常中流動
水
在水中流動

僅僅是

僅僅是聆聽
飛鳥掠過林梢的聲音
僅僅是感覺
流水滑過指隙，暖風
悠然拂上面頰的瞬間
僅僅是觀看
路人
隨著燈訊憂喜來去而一朵雲
上一刻
以無法形容的絕美　流轉
這一刻
連同牆上的影子

　　　鏡子

　　　　壁虎

　　　蜘蛛網

佛一樣的
（無數紀了）
僅僅是掛在那裡

我佛何等慈悲

僅僅一片

孤亮在菩提樹上的綠葉

汲取朝露而後溢放點點沁涼——

雲來雲往

伴著無數計的過客同浴其中——

僅僅一片

僅僅一片

呃　我佛何等慈悲！！

註：本詩緣起自姍雲〈孤亮在菩提樹上的一片詩葉〉有感，因有此作——

有一片綠葉／就僅僅一片／孤亮在菩提樹上許是萬年了

觀其葉釉何以這般柔厚？／那是衛星的固堅守！／查其葉脈何以如此萬絡？

那是恆星的太執著！／汲汲吧！／來將晨露午雨和夜霧集集吧！

不漏滴珠／營作生活之水日日一滿壺／再取薪傳火／將它沸沸的煮！

我不摘葉離菩提／更無需教水覆脈理／只想／隔空蒸餾／

餾出葉香一抹接一抹／輕颺人間／如箏如風／好讓它旅個盡興後再戀回／春夏秋冬／這才能託那真善美／億載詩城／以綠葉一片／留香／永久永久

有所悟後

雲已消散
水已靜止
遠天的紅塵人間的悲歡
心中一度的不忍與眼眸深處
無人知悉的灰影
都已隨著最後一波浪潮逝去···

迎風挺立
天地前所未有的空明
輕盈　優美的
海鷗
向你伸出翅膀
無不如意的上下翻飛···

許久許久
浪潮再起
而你和千萬滴水一起流動
忽焉間
已悠然於三十三天之上

自泉冷時起

自遠天發出第一道星光
自大地飄落第一枚秋葉
自記憶深處昇起第一縷青煙
自千年前的漂泊者第一次坐在菩提樹下
清冽的冷泉涓涓流過心田而你我
相視一笑的
剎那

光華滿天

　　後記：今晨上網，見詩友茶觀兄新作〈白石羅漢〉，文采斐然而意境遠邈，讀之餘韻繚繞，心有所感，不覺成此短章相應。

大海碧綠

鋪滿一地的符號漸漸少了。
雲是雲。
往事是往事。
根源是根源。
千千萬萬個？／！／；／，／*o*‥順風起舞的
悠然寧定以後
紅塵中的歌笑離合興衰
——溶進了涓涓水裡

我是誰
誰是悉達多
誰在乎誰是
誰不是
揮去手中最後一片的「？」——

大海碧綠。

擁抱真我

摘下令人疲憊的假面
任風拂體
化蠕動的慾望為一片清明的天
釋放軀殼中潛藏的本我
真誠　赤裸　而喜悅的面對
人間的每一朵花
每一雙眼眸
每一分秒的流動‧‧‧

悠然中
有什麼剝落了
有什麼發出光
而令人窒息的現代叢林也徐徐佈滿了
繽紛　營養　又好玩的星子‧‧‧

哦　擁抱真我的感覺真好‧‧‧

生命不是什麼

在空氣中蒸發的
也在空氣中誕生

在寂靜中成長的
也在寂靜中開花

蠕動的獸　閃爍的星　命運的輪轉
和沉睡的岩石終將痛苦的醒來——
一切都在密必的禁錮中

一切都在魔咒的吞吐中
永恆不是永恆
黑暗不是黑暗
死亡回歸記憶以前
慶典不是什麼
風化以後
生命不是什麼

一部分

花朵不僅是春天的一部分。
線條不僅是波浪的一部分。
白雲不僅是風景的一部分。

城市不僅是大地的一部分。
器官不僅是肉體的一部分。
女人不僅是男人的一部分。

撫愛不僅是慾望的一部分。
思想不僅是動作的一部分。
死亡不僅是時間的一部分。

能量不僅是生命的一部分。
地球不僅是宇宙的一部分。
萬物不僅是上帝的一部分。

在一滴水融入海洋以前──
剎那不僅是永恆的一部分。

雜思二則

1

在寧靜中感受萬有
風　止於漣漪消失的瞬間
物我合一

2.

萬有與無限融合時
我消失了

宇宙與酒香合一時
神醉了

存在

死亡為生命存在
戰爭為權力存在
子宮為下一代存在
向日葵為梵谷存在
愛情為相信愛情的人存在
二為一存在
無為有存在
副詞為主詞存在
體系為哲學家存在
聖人為大盜存在
彼岸為此岸存在
存在
為自己存在──以前
不為什麼的，存在

我的家在那裡？

去掉「？」之後
我的家成為名詞
散在地圖／字典／電話簿／某女子的
黑皮包／情報局的非密檔案裡
種種證明「我的家」或「家」或「我」
——這些專有名詞的，存在

去掉「在那裡」
這些名詞便長出了翅膀
比米羅　比精靈　比風中的雲還要自由自在！
去掉了「我」
家剩下一棟空房子，堆積著灰塵、帳單、與老
鼠屎
白日冰冷　夜晚漆黑。
——如果消失的是「家」
我便和落葉　啊　和濟慈一樣的飄在水上
——如果「我」和「家」一起消失
多麼美妙啊
無處不在的「家」裡都有一個
無所不在的「我」‧‧‧

在三度空間的邊緣

忽焉間已把自己凝聚成一把鎖。
紛然的過往／標籤／字語／心情
雪花般優雅

忽焉間靈動之光
已溢滿了三度空間

忽焉間
強風拂亂了髮梢而有什麼自腳下
分草疾去

無需

無需臆測2020年的城市生活
無需逃避一雙深情酷眸
無需收集排行榜上的CD海報
無需跟隨先知／羊群／大喇叭的指引
無需拒絕落在唇角的花瓣
無需窺視腰部以下的傷痕
無需嚮往藍天以外的次元
無需吶喊
無需革命
無需夢或解夢
無需對著鏡子自瀆
無需含著淚水坐禪
無需捧心憂國
無需教鸚鵡說話
無需羨慕會發光的魚
無需飲盡最後一口夜色
無需聆聽一口井的回音
無需切斷上一世戀情的臍帶
無需焚化褪色的筆記本
無需尋求傳說中的寶藏圖
無需每夜逼迫自己面對下一個

無需

影子

日陽下的光放射出無數條影子
兩個情人只有一條影子

心情是潮濕的
月下的影子也是憂傷的

今天無法追趕明天
影子無法追趕影子

狗尾草有狗尾草的影子
你有你的影子

雲是天空的影子
夢是慾望的影子

神沒有影子
一顆無礙的心沒有影子

人間盡歡是摯愛——生活小箋 2

輕裝披髮的漫步在無風的早晨
陽光　青春　四季
所有的事都變透明了
彷彿回到了創世之初
一顆澄明的心
伴著一分無牽掛的快樂
和天地同生的神祇
一起悠遊／感受
藍天下的雲　是雲，花　是花‧‧‧

直到遠方傳來了雞鳴
樹蔭深處悄然綻開
一圈圈無名笑意
喔　滌盡塵俗後的人間
無處不是摯愛‧‧‧

　　後記：此詩有感於詩友咪咪看了〈喜歡這樣的早晨〉後寫給我的信——此時，連自己都喜歡這樣的早晨，因為看山是山，看水是水，看世界無比美好，看人生盡是摯愛。且讓自己滌盡了塵俗，保有心頭的澄明呢！

有什麼消失了——生活小箚 5

有什麼消失了
引線的盡頭不再是熊熊燃燒的字語

有什麼消失了
藍色的光　藍色的魅影　藍色的海岸線

有什麼消失了
那些曾經紋在背肌上的輕狂往事

有什麼消失了
迷惘千世的願　追尋千載的地上樂園

有什麼消失了
一首歌　一度熟悉的回聲　一支不再穿霧而出
的箭矢

有什麼消失了
在一支舞曲慢慢的停止旋轉　一粒細沙靜靜磨
傷眼瞳

以後或以前
有什麼消失了

在閒閒流逝的寧靜裡
——生活小箚 6

在閒閒流逝的寧靜裡
觀看
一朵雲的36種抒展

在閒閒流逝的寧靜裡
聆聽
泥土與種子的親密摩擦

在閒閒流逝的寧靜裡
天地很大

在閒閒流逝的寧靜裡
天地很小

在閒閒流逝的寧靜裡
世界不再是一座玻璃監獄
孩子的笑　遠方的海　布穀鳥的歌
星星眨眼而白雲化成了魔毯

一顆徐徐發光的心
透過微寒的風
在閒閒流逝的寧靜裡
悠悠的飄盪
又飄盪
彷彿和莊子　精靈　懸浮的塵光一樣

後記：此詩靈感得自柳無心的詩──

　　有點微寒的夜　拋下了身邊的煩惱　來到這裡與天地對談

　　雖然稍微奢侈了點　但也只有老樹能承受我的壓力　讓我在它的懷抱裡沉思‧‧‧是太入迷了嗎　微微地聽見　閒適的雲在呼喚　飄逸的風在呼喚　安詳的山在呼喚　自在的鳥在呼喚

　　流逝的寧靜裡　眼前漸多了忙碌的人　而我　依舊失足在這自由　冷眼旁觀‧‧‧

　　而「別讓世界成為一座巨型玻璃監獄場」則得自解昆樺的〈世界是一片玻璃監獄〉。

後記彙編

【後記】第四部：《雲遊四海》
來過、活過、見識過

記憶中最早一次的旅遊發生在七八歲時。

那時我還住在永和，臺灣仍處於農業時期，街上車輛不多，一般生活單純，我已大得可以每天自己上下學，父母放心，也無虞治安；就在一個普通的假日，我帶著小三歲的弟弟，和一小袋子的麵包開水，兩人手牽手的走到河堤，沿著灰色沙岸一路漫遊；直到黃昏，赤金色的霞光映在河面上，刺痛了眼睛，這才依依不捨的返家，渡過了一個簡單、卻令人難忘的午後。

那種奇妙的興奮感覺，直今想起，依然歷歷在目。

長大後，類似的出遊經驗多了，有時恍若聽到了某種召喚，有時只是很單純的來自青春的渴望，我卻漸漸的明白，對未知的好奇與探索，乃是人性最自然、最原始的衝動──箇中的感受複雜，不只是佛洛伊德或那一學派的說法能夠完全解釋的。

時至今日，旅遊，更成為現代人排毒解壓的一種方式。

這當然是因城市脈動的加速，加上人際間既疏離又緊密的生活狀況，各種莫名的體制和教條纏身，以致肩頭的壓力日趨沉重，無論因疲憊而任勞，或焦慮而迷惘，對生命的意義不解，對自身的渺小無奈，常有被綑綁的感覺，出走，乃成了最方便的法門──儘管問題還在那裡，至少至少，可以先鬆一口氣了。

自上世紀八十年代以來，幾乎每年我都有一兩次的機緣得以出國，或是觀光，或是返鄉，或是開會，或是訪友，或是送行，隨著時日流轉，匆匆二十年過去，

還真累積了若干旅遊經驗——對生命最重要的感悟是，在大開眼界之餘，瞭解到個人雖然渺小，卻充滿了無限可能，而一個人看得越多、走得越遠，不僅讓其心胸擴大，一種以「地球村」為基點的宇宙觀，也每每能在不知不覺中，提升其心靈的層次，感受到萬物間的神祕依存關係，面對周遭人事，也較能以洞悉、和平的心情以待，事實上，這也是現代人比古人幸運的地方。

說來慚愧的是，儘管有緣遊走，卻每每在驚艷中疏於落筆，多年去過不止二十餘國，卻每每因隨之即來的莫名脈動而化為不落言詮的煙雲往事！

有些地方曾去多次（如香港新加坡）卻難得有詩；有些地方（如1990年的「蘇東坡之旅」）根本豐美的教人來不及消化，一日一國的成了走馬燈，體驗不深，自然無以下筆；還有些情況卻正好相反，幾番提筆，都感受到文字本身的侷限姓，所謂的「此時無聲勝有聲」，真的是不寫也罷！

如此一來，七千個日夜靜靜的流去後，方得這一冊詩集。雖只是生命中的一道道雁影，卻也曾在湖中激起一圈圈的漣漪，思之令人又喜又愁，又不免有些惘然所謂的人生是什麼？又見證了些什麼？

也許根本沒有答案。

也許答案根本不重要。重要的是：

我來過、活過、也經驗見識過。

近十年來，前行代詩人張默兄出遊的足跡幾已遍佈五大洲，可算是當代遊蹤最廣的詩人，對其充滿活力的生命情調，我一向羨慕！希望自己到老也能擁有一雙健腿，走遍天下。本書能得其寫序，實在高興！僅在此致上一分真誠的謝意。

2005.4.6內湖樓外樓

抒情的喜樂

1.

我一向認為，有不抒情，或非抒情的字詞，沒有不抒情的詩。

有不抒情或非抒情的詩，沒有不抒情的詩人。

詩，基本上是抒情的。詩人的氣質，絕大多數也類似如此——至少，在二十世紀以前，類似的古今中外，都多的不得了，而不抒情的詩人，翻翻歷史，我們想不出，也找不出幾位。

可嘆的是，近入二十世紀，當越來越多的人類生活由農業步向工商／科技／傳媒以來，越來越多的詩人也紛紛真誠，敏感的在作品裡反映出這種步調加速的時代精神！

事實證明：人們生活得越緊張，就越不容易抒情——像過去那樣的，在從容中感受一分可以咀嚼的閒散！而詩人——越是生活在現代化的都會，其作品越不容易抒情，這種情況越是接近現當代，越是突出強烈！

詩的字語辭彙題材日夜推陳出新，卻越來越不易感受到屬於昔日的詩情詩意，詩的氣質也益發的充滿都會性格與物化屬性：冷漠，迷亂，從不確定到比禪，比囈語，比乩童的符咒，比破碎的夢之拼圖還要難以理解——這種現象，從近三數年崛起的網路詩站上尤其明顯！

有時還明顯到形成一種微妙的，不必要的，荒謬的，對立狀態。

僅僅短短的幾十年，僅僅短短的一兩代人時日，寫著寫著，二十世紀終於成為非詩的世紀！

　　——儘管，詩人在反映時代精神這方面，表現的和前輩一樣深刻精彩！

2.

　　二十世紀真的是非詩的世紀嗎？

　　詩，一定是抒情的嗎？

　　詩人的氣質，也一定是抒情的嗎？

　　時代在變，時代精神在變，詩與詩人也不免跟著變！

　　也許，現在還不到重新定義的時候，卻的的確確值得認真思索！包括我們對詩、對抒情的看法——這自然會影響到它的表現方式！

3.

　　在此種氛圍下，出版一部抒情詩集，毋寧是相當有趣的。

　　事實上，早在1996出版《我孤伶的站在世界邊緣》之前，我就有意出版一部抒情詩集，拖到現在，自然有種種因故——主要是對自己詩作的不滿。

　　——雖說如今出版，也不意味對收在裡面的作品多麼滿意。

　　完全的滿意，對有心的創作者是很難達到的高標；這本詩集的主要意義，仍在紀念與分享，一方面採擷若干過去歲月的鱗爪，分卷成輯，在偶然回顧時，高興自

己還留下了一些淺淺的生之浮水印，一方面在朋友提起時，或需要索取時，還有這麼一點東西可以奉上。

　　出版一本書，有人認為就像婦女分娩一次，這意味著誕生，縱非值得大書特書，其中自有一分不言而喻的喜樂！

　　在一般情況下，對教徒而言，只有在特定的日子，才允許表現特定的情緒；對老莊之輩，生命中無時無刻不充滿了驚喜！

　　吾性較近後者，常以喜樂的心眼觀世，對過去出版的詩集如此，對這部詩集亦然——無論滿不滿意，或像沙朗牛排那樣的有幾分滿意，喜樂，就是喜樂！

4.

　　此書初版於千禧年，其中作品皆在報紙副刊或文學雜誌或網上發表過，當時還請了網路才女咪咪作序：「詩的性情，人的性情」，次年，亦得巧南小姐為新版製作了網頁（http://home.kimo.com.tw/poemdesign）——和本書有部分不同。無論是冒然請序，或慨然製作，都是一種抒情的喜樂！

　　是為序。

2002.9秋

心中的天外天

一直喜歡簡單的生活方式。

一直單純的追求所喜愛的事物。

一直相信生命不只是一種現象，還具有更深層的意義。

一直冷眼的面對物質的世界。

一直有意無意的信仰，而且拋棄著什麼。

一直旅遊、閱讀、創作、冥想、戀愛、交友、四處結緣……

一直天真的期待，歡喜的夢想，乃至有點焦慮的擔心日漸腐化的人心、

在扭曲中前進的社會型態、不斷落下酸雨、日夜嗚喑的地球媽媽——

在我輩毀滅萬物之前，一粒種子有機會鑽出土地，感受到天地自有的

清芬嗎？

我不知道。

但我堅持。

堅持生命中有什麼是超越時空的。

不僅在抽象的文學意義上，或表象的宇宙空間裡。

一定有什麼。

而我是，又不只是一粒種子、一顆水珠、或一片羽毛。

遠在我第一次遇見小王子之前，我就知道，生命不可能拒絕或逃避什麼。

　　一個音符，無論多麼的微不足道，都是一闋交響樂中不可或缺的一環。

　　大海的存在、特別是大海的奧祕，來自千千萬萬顆一滴水。

　　一滴滴形似又獨一無二的小水珠。

　　大海因此存在。

　　大海的奧祕呢？

　　這些年，這些詩，這些片刻和沉澱下的清涼，便是個人感受到的浮光

　　清芬。

　　好生歡喜啊！

2005.5.25內湖樓外樓

創作時間表

第四部：《雲遊四海》

艾菲爾鐵塔1996.10.15

露天咖啡座小憩1996.10.19

公園裡的邂逅1996.11.7

夜雨地鐵站1996.11.8

雪原之樹1996.11.14

雨中老街1996.11.16

金閣寺1996.11.20

觀能劇有感1996.11.24

旅日印象1996.11-1997.1

省親1989.2.10

家園1989.2.23

冰城1989.2.11

菁菁1988.12.31

江南夢1989.2.11

在心靈的湖水灣1989.3.3

友誼之外1989.1.12

北大抒懷1989.2.20

錯過的秋天1991.1.6

清晨的洛陽1993.8.23

給遠方朋友1933.10.29

序詩2000.9.10

初臨雅典2000.9.10

航向愛琴海2. 2000.9.16

航向愛琴海3. 2000.9.17

無需1999.3.20

影子1999.3.26

人間盡歡是摯愛1999.7.20

有什麼消失了1999.9.8

在閒閒流逝的寧靜裡1999.10.15

沒有什麼不是飛行器1999.1.14

語言文學類　PG2179　秀詩人49

楊平詩抄 2

作　　者 / 楊　平
責任編輯 / 陳慈蓉
圖文排版 / 林宛榆
封面設計與攝影 / 楊宇光
封面設計 / 楊廣榕

發 行 人 / 宋政坤
法律顧問 / 毛國樑　律師
出版發行 / 秀威資訊科技股份有限公司
　　　　　114台北市內湖區瑞光路76巷65號1樓
　　　　　電話：+886-2-2796-3638　傳真：+886-2-2796-1377
　　　　　http://www.showwe.com.tw
劃撥帳號 / 19563868　戶名：秀威資訊科技股份有限公司
　　　　　讀者服務信箱：service@showwe.com.tw
展售門市 / 國家書店（松江門市）
　　　　　104台北市中山區松江路209號1樓
　　　　　電話：+886-2-2518-0207　傳真：+886-2-2518-0778
網路訂購 / 秀威網路書店：https://store.showwe.tw
　　　　　國家網路書店：https://www.govbooks.com.tw

2019年1月　BOD一版
定價：370元
版權所有　翻印必究
本書如有缺頁、破損或裝訂錯誤，請寄回更換

Copyright©2019 by Showwe Information Co., Ltd.
Printed in Taiwan
All Rights Reserved

國家圖書館出版品預行編目

楊平詩抄 / 楊平著. -- 一版. -- 臺北市：秀威資訊，
　2019.01
　　　冊；　公分. -- (文學小說類；PG2178-PG2179)
(秀詩人；48-49)
　　BOD版
　　ISBN 978-986-326-653-2(第1冊：平裝). --
　ISBN 978-986-326-654-9(第2冊：平裝)

851.486　　　　　　　　　　　　　　107022212

讀 者 回 函 卡

感謝您購買本書，為提升服務品質，請填妥以下資料，將讀者回函卡直接寄回或傳真本公司，收到您的寶貴意見後，我們會收藏記錄及檢討，謝謝！
如您需要了解本公司最新出版書目、購書優惠或企劃活動，歡迎您上網查詢或下載相關資料：http:// www.showwe.com.tw

您購買的書名：_____

出生日期：_____年_____月_____日

學歷：□高中 (含) 以下　　□大專　　□研究所 (含) 以上

職業：□製造業　□金融業　□資訊業　□軍警　□傳播業　□自由業
　　　□服務業　□公務員　□教職　　□學生　□家管　　□其它_____

購書地點：□網路書店　□實體書店　□書展　□郵購　□贈閱　□其他

您從何得知本書的消息？

　□網路書店　□實體書店　□網路搜尋　□電子報　□書訊　□雜誌
　□傳播媒體　□親友推薦　□網站推薦　□部落格　□其他_____

您對本書的評價：(請填代號　1.非常滿意　2.滿意　3.尚可　4.再改進)

　封面設計____　版面編排____　內容____　文／譯筆____　價格____

讀完書後您覺得：

　□很有收穫　□有收穫　□收穫不多　□沒收穫

對我們的建議：_____

_____

_____

_____

請貼
郵票

11466
台北市內湖區瑞光路 76 巷 65 號 1 樓

秀威資訊科技股份有限公司　　　收

BOD 數位出版事業部

....

（請沿線對折寄回，謝謝！）

姓　　名：_____　年齡：_____　性別：□女　□男

郵遞區號：□□□□□

地　　址：_____

聯絡電話：(日) _____ (夜) _____

E-mail：_____